JN204559

全訳 列子

田中佩刀

明德出版社

はじめに

古代中国の説話集の『列子』を全訳致しました。翻訳に際して参考にしたのは、中国刊行の張清華主編『道経精華・上巻』（時代文藝出版社、一九九五年）に所収の「列子」（楽耕訳註、前言は張清華）です。

『列子』は、『老子』や『荘子』ほどには読まれていない様にも思われますが、系統としては、老子や荘子の無為自然を尊重する流れに加えられるべきものと思われます。前漢の司馬遷の著した『史記』の中の「老荘申韓列伝」には列子に触れられていませんが、『列子』の内容を見る時、老子や荘子の思想に近いと思われるので、列子は道家（道教の人）と見て宜しいかと思います。

『列子』の著者とも言える列子に就いては詳しい伝記は伝えられておらず、架空の人物ではないかという学者も有ります。ただ、『荘子』の中に、列禦寇・列子・子列子（列子先生の意）として登場しますので、列子の存在を一概に否定は出来ないと思います。

中国の学者の研究では、列子は紀元前四世紀の初め頃の人ではないか、ということで、孔子よりも半世紀遅く、荘子よりも半世紀近く早い人ではないかと推定しています。

『列子』を道家の書としてではなく、古代中国の説話集として見る時、数々の興味深い説話が認められます。

例えば、天地崩壊を心配していた杞国の人の話（天瑞第一）、猿の餌の木の実の数で猿と揉めた話（黄帝第二）、周の穆王に献上された精巧なロボットの話（湯問第五）など、様々な話題が有ります。

なお、資料的価値としては、『列子』の楊朱第七及び他の篇に散見する楊朱の説話が楊朱を知る上で役に立つと考えられます。

楊朱も興味深い思想家で、例えば、人が欲しがるものは、寿（長生き）・名（名誉）・位（地位）・貨（財産）で、その為に人は苦労する、と述べています。

平成二十八年十二月に拙著『全訳　易経』が刊行されましたが、占辞が中心ですから一般読者の興味は惹かなかった様です。ただ、専門に易経を研究しているグループから、参考にすると連絡を頂いたり、知人の大学教授から、あの占い方で良く的中した、等の便りを頂いたりしました。

翻訳は、単に原文の文字を置き換えるだけではなく、諸注を参考にしながら、文意を正確に伝えようとしているもので、参考にした諸注を併記すれば分厚い本に成ってしまいます。

昨今は、小学生に英語教育（実は米語会話）を実施するとか、大学入試に英語の聴き取りのテストを行うとか、すっかり英語教育が盛んです。英語に限らず外国語の習得には賛成ですが、英語に限ることは無いと思います。英語は世界語だという意見も有る様ですが、かつてロシアや北欧などの一人旅をした私の経験では、世界語とは言えない様です。

それよりも、小学校から、見れる・寝れる・食べれる等という変な日本語を正しい日本語にする教育が大切ではないでしょうか。

大学入試の科目から外されて、漢文教育は衰微の一途を辿っておりますが、中国古典は、かつては日本人の思想を支えるものでした。そういう意味で、本書の翻訳を契機に、中国古典に興味を抱いた読者が有れば、訳者として倖せに思います。

私事にわたって恐縮ですが、私（田中）は六、七年前より体調不良となり（要介護2）、月に一、二回、娘に連れられて病院通いの身なのです。脚の力も弱っていますが、視力が著しく低下し、文字の読み書きには頗る難渋しております。今般、乱筆の原稿を整理して下さった明徳出版社編集部の佐久間保行氏、並びに印刷所の皆さんに対して心から感謝申し上げます。

田中佩刀識す

平成三十年初夏

目次

天瑞　第一

〔註〕天瑞とは、天が降した目出度いしるし。

列子先生は鄭の田舎に四十年住んでいましたが、誰も列子先生のことを知りませんでした。国の君主も重臣も、列子先生を一般人と同じだと考えていました。国が飢饉になったので、列子先生は衛の国に行こうとしました。弟子たちは、「先生が衛の国に行かれたら、ここへお帰りになる機会も無くなるのではありませんか。私どもは特に御願いしたいのですが、先生は私どもに何を教えようとなさっていられるのでしょうか。先生は壺丘子林先生の教えの言葉を御聞きになりませんでしたか。」と言いました。

列子先生は笑って、「壺丘先生は何も言われなかったよ、そうだけれど、壺丘先生が、或る時、私の友人の伯昏瞀人に話をされているのを側で聞いていたことが有るから、ひとつ其れを君たちに話そうか。

壺丘先生の御話は、この様だった。

他の物を生み出すが自分自身は他の物から生み出されない物が有る。他の物を変化させるが自分自身は他の物から変化させられない物が有る。他の物から生み出されない物が万物（あらゆる物）を生み出すことが出来るし、他の物から変化させられない物が万物を変化させられるのだ。生み出される事物は生み出されないことが出来ないし、変化される物事は変化されないことが出来ないのだ。だから、生み出される物事はいつも生み出されるし、変化される物事はいつも変化されているのだ。所謂常に生み出され常に変化しているものは、つまり、少しの間も生み出していない事が無く、変化する物事は変化していない事が無いのだ。陰と陽との変換もそうだし、春夏秋冬の移り変わりもそうなのだ。生み出されない物は永く存在するものであり、変化しない物は往き復りし続けるものなのだ。『黄帝書』には、「谷神[註1]（宇宙の法則である道の譬え）は永久に存在する。此れを玄牝（奥深い生産力）という。玄牝の門（入り口）は、天地の根（天地万物を生み出す根源）という。長く続いている様で、その働きを止めることが無い。」とある。だから物を生み出す者は自からを生み出さないし、物を変化させる者は自からを変化しないのだ。自然に生み出され、自然に変化し、自然に形態が出来、自然に色がつき、自然に知識を得、自然に能力が有り、自然に衰え、自然に成長するのだ。但し、物の生産や変化、知識や能力、形態や類型、物の成長や衰えに心が有るとすれば、それは間違っている。壺丘先生は、そう話されていた。

　列子先生が言われるには、「昔は、聖人（最高の人格者）が陰と陽の原理によって天と地の在り方を統一したのだ。そもそも形の有るものは形の無いものから生れ出たものだから、それでは天と地とはどこから生れたものだろうか。それで、太易（天地の変化を統一するもの）が有り、太初（天地が形成される前の活力）が有り、太始（天地が形成される前の気の形）が有り、太素（天地を形成する物質の素質）が有る。太易はまだ気（自然現象）を見ない段階であり、太初は気が出現した段階であり、太始は気が形態を作り始めた段階であり、太素は形態がそれぞれ異なる性質を表現し始めた段階なのだ。気と形態と性質とが備わって互いに離れないでいる。だから渾淪（混沌とした状態）というのだ。渾淪とは、万物が雑り合ってまだ互いに離れていない状態をいうのであって、其の渾淪の状態は見ようとしても見えないし、聴こうとしても聞えないし、掴まえようとしても掴まらない。だから易（変化するもの）というのだ。易は其の運動に形態も無く限界も無い。易は変化して一と成り、一は変化して七と成り、七は変化して九と成る。九は究（きわまる）で、つまり再び変化して一と成るのだ。一は形態の変化の始めであり、清らかで軽いものは上昇して天と成り、濁って重いものは下降して地と成り、軽さと重さとの釣り合いがとれた気（生成の力）は人間と成っている。だから天と地は精（根源の力）を含んでいて、あらゆる物を変化させ生み出しているのだ。」と。

列子先生が言われるには、「天地には完璧な働きが無く、聖人（最高の人格者）には完璧な能力が無く、世の中のあらゆる物はすべての物事に役立つわけでは無い。だから天は物を生み出して育てることを仕事とし、地は物に形を与えて物を載せることを仕事とし、聖人は人々を教え導くことを仕事とし、それぞれの物は自己の力に適したことを仕事としているのだ。それはつまり、天にも出来にくいことが有り、地にもすぐれた所が有り、聖人にも足りない所が有り、物にも自己の特質に適合した所が有るのだ。何故ならば、物を生み出して育てる物は、物に形を与えて物を載(の)せることが出来ないし、物に形を与えて物を載せる物は人々を教え導くことが出来ないし、人々を教え導く者は物の優(すぐ)れた所を無視できないし、物の優れた所に落ち着いた者は其の地位の範囲を出ないのだ。だから天地の自然の規律は陰(いん)の気でなければ陽(よう)の気なのだ。聖人が教え導くことは仁愛でなければ正義なのだ。万物の働きは柔弱(にゅうじゃく)でなければ剛強(ごうきょう)なのだ。此れ等は皆、それぞれの自己の力に適合した所に随って、自己が置かれている立場を離れることが出来ないのだ。

　だから生み出される物が有り、物の形を作るものが有り、形を作る物を形に作る物が有り、声や音が有る物が有り、声や音が有る物を作り出す物が有り、色が有る物が有り、色の有るものを作り出す物が有り、味(あじ)の有る物が有り、味の有る物の味を作り出す物が有るのだ。生命を生み出すものは死ぬが、生命を生み出すものは此れ迄に其の仕事を終った事は無い。形の形を作っているものは充実している。そして形を形にしているものは、まだ此れ迄に存在していない。声や音の、声や音になっているものは聞えるが、声や音を作っている物は、まだ此れ迄に声や音を外(そと)に発したことは無い。色を色にしているものは外に色を表(あらわ)しているが、色を色として造り出しているものは、まだ此れ迄に顕(あらわ)れたことが無い。

物の味になっているものは嘗められるが、その味の味を作り上げているものは、まだ此れ迄に現れたことが無いのだ。皆、無為（自然のまま）の結果なのだ。陰にもなるし陽にもなるし、柔弱にもなるし剛強にもなるし、短くもなるし長くもなるし、円くもなるし方（四角形）にもなるし、生きるし死ぬし、宮（音階の名・ド）にもなるし商（音階の名・レ）にもなるし、浮び出るし水没するし、玄（黒色）にもなるし黄色にもなるし、甘くもなるし苦くもなるし、生臭くもなるし香しくもなるし、知ることが無く、仕事をすることも無く、その上、知らないことが無く、更に仕事ができない事が無いのだ。」と。

列子先生は衛国に行く道の途中で食事をしました。一緒に先生に従っていた者が百年[註2]も経った様な髑髏（風雨にさらされた頭の骨）を見つけました。列子先生は蓬（よもぎ）を抜いて髑髏を指して、弟子の百豊に向って言われるには、「私と此の髑髏とだけが知っていることだが、人間にとって此れ迄に生きるということも無く死ぬということも無いことをだ。あの髑髏は死んで悲しい思いをしているだろうか。私は生きて楽しくしているだろうか。

此の世の万物の種類はとても多いのだ。例えば蛙が生れ変って鶉と成る様に、水辺にあれば継（水草）と成り、岸辺にあれば鼃蠙（青苔）と成り、陵舄が肥えた土地にあれば、烏足（草の名）と成り、烏足の根は蠐螬（草の名）と成り、其の葉は胡蝶に成るのだ。胡蝶は死んでしまうと、形が変って虫と成って、竈の下でうごめいている。その状態は脱皮するかの様だ。其の名を鴝掇（虫の名）という。鴝掇は千日経つと変化して鳥に成り、其の名を乾餘骨という。乾餘骨の唾は斯彌（虫の名）と成り、斯彌は食醯頤輅（虫の名）と成り、食醯頤輅は食醯黄軦（虫の名）を生み、食醯黄軦は九猷（虫の名）を生み、九猷は瞀芮（虫の名）を生み、瞀芮は腐蠸（虫の名）を生むのだ。羊の肝は変化して地皋（茜草）と成り、馬の血は変化して転燐（きつね火）と成り、人の血は変化して野火（鬼火）と成るのだ。鷂（鷹の名）は変化して鸇（はやぶさ）と成り、鸇は変化して布穀（呼子鳥）と成り、布穀は暫くすると再び変化して鷂に成るのだ。燕は蛤に変化し、田鼠（もぐら）は鶉に変化する。腐った瓜は魚に変化するし、老韮（古いにら）は莧（やまごぼう）に変化するし、老羭（年老いた牝の羊）は猿に変化し、魚の卵は虫に変化するのだ。亶爰（山の名）に棲む獣は自分だけで子を孕んで子を生むが、その子を類という。黄河沿岸の湿地に棲む鳥が互いに見るだけで孕んで生んだ子を鶂というのだ。全く雌だけの動物は其の名を大腰と言い、全く雄だけの動物は其の名を穉蜂という。司幽の国では、女性を思う男は妻が無いのに感動し、男性を思う女は夫が無いのに妊娠し、后稷（周の始祖）は母親が踏んだ大きな足跡から生れ、伊尹（殷の湯王の名臣）は桑の木の洞の中から生れたという。厥昭（とんぼ）は湿った所に生れ、醯鶏（まくなぎ、小さな虫の名）は酒の中に生まれ、羊奚（草の名）は筍の出ない年老いた竹と交ると青寧（虫の名）を生み、青寧は程（豹）を生み、程は馬を生み、馬は人間を生み、人間は久しく経つと機（巡り合せ）に組み込まれるのだ。万物（あらゆる物）は、すべて機から出発して機に戻って行くのだ。

『黄帝書』には、こう書いてある。「形が動いて形を生み出すのではなく、影が生れ、声が動いて声が生れるのではなく、響が生まれ、無が動いて無が生れるのでなく、有が生れる。」とある。形は必ず終って尽きてしまうものだ。天地は終って尽きるものだろうか。私と一緒に終って尽きることだろうか、終ることは尽きることだろうか、分らないことだ。道（宇宙の原則）は終って尽きるだろうか。道は本来、始まりが無いのだ。だから終ることも無い。尽きてしまうだろうか。本来、長く続くものではない。生まれている物は、生まれる以前に復帰し、形の有る物は形の無い物に復帰するのだ。生み出されない物は、本来、生み出されていない物ではなく、形の無い物は、本来、形が無い物ではないのだ。生きていることは、理論的には必ず終るべきものなのだ。終るというものは、終らなければならないことで、生み出されるものが生み出されないわけには行かなくなったのと同じ様なことなのだ。然しながら、其の生きている状態が続いて其の終りまで突き止めようと望むのは運命に惑わされているのだ。精神は天の領分のことだし、骨骸（人体の骨組み）は地の領分のことだ。天に属するものは清らかに散って行き、地に属するものは濁って集まって来るのだ。精神は形を離れて、それぞれ其の形態を離れて自己の本源に帰って行く。だから此れを鬼という。鬼は帰ということで、其の本源に帰るのだ。黄帝が言われるには、精神は其れが出て来た天門（天の入り口）に入って行き、骨骸は地根（地の本源）に帰って行くが、自分は一体どんな存在だろうか、と。

　人間は生れてから人生を終るまで、大きく変化することが四回有る。嬰孩（幼児）の時期、少壮（若くて元気）の時期、老耄（年老いてぼんやりする）の時期、死亡の時期だ。人間の嬰孩の時期の間は、気力が満ちており、心を一つのことに集中していて、他と争うことなく大そう穏かなのだ。何かが傷つけることもなく、嬰孩にそれ以上附け加えるべき徳（立派な人格）は無いのだ。人間が少壮の時期になると、元気が溢れ、欲望が胸一杯に起って来て、身の廻りの事に心を動かされるのだ。人間が老耄の時期になると、欲望や考え方が弱くなって来て、身体を休めようとするし、何かにつけて先を争うことも無くなるが、嬰孩の完全さには及ばないけれども、少壮の時期に較べると、大きな隔たりが有るのだ。人間の死亡に就いて言えば、身心を休めて、其の出発点に戻ると言えよう。

孔子が泰山に出かけられた時、栄啓期という男が郕の野原を行くのに出会いました。鹿の皮の着物に縄の帯をした貧しい格好で、小さな琴を掻き鳴らしながら歌っています。孔子は栄啓期に声をかけて、「貴方が楽しんでいる理由は何ですか。」と尋ねられると、栄啓期は答えて、「私の楽しみは、とても沢山有りますよ。天があらゆる物を生み出した中で、ただ人間だけが貴いものですが、私は人間に生れることが出来ました。此れが第一の楽しみです。男性と女性とは男性の地位が高く女性の地位は低いのですが、男性は大事にされています。私はもう男性に生れているので、此れが第二の楽しみです。人の生涯で太陽や月を見ること無く襁褓（背負い帯と産着）の幼ない時期に亡る者も有るのに、私はもう九十歳に成りました。此れが第三の楽しみです。死ぬのは人生の終りです。日常の生活を続けていて人生の終りを迎えるならば、一体、何の心配事が有るでしょうか。」と言いました。孔子は栄啓期の言葉を聞いて、「良いねえ。自分の人生を大事にしているのだね。」と言われました。

世捨人の林類は年齢が百歳に成ろうとしていました。春になっているのに冬の革衣を着て、刈り取った後の畠で畦の落ち穂を拾いながら歌って歩いていました。孔子は衛に行こうとしていましたが、野原で遠くに林類の姿を見かけたので、同行の門人達を振り返って、「あの老人は親しく話をしたい人だ。試しに誰か行って、あの老人に訊ねてごらん。」と言われました。そこで門人の子貢が其の役を御願いして行くことになり、畝の端で林類を待ち受けて、林類に向って歎息して「先生、今まで後悔しませんでしたか。それなのに歌をうたいながら落ち穂を拾っているのですか。」と言いました。林類は歩いて行きながら立ち止りもしませんし、歌も止めません。子貢は、なお問い続けました。そこで林類は顔を上げて、「私が何か後悔することが有りますか。」と言いました。子貢は、「先生は若い時に学問修行に励みもせず、一人前に成ってからは他人に勝とうとする気も無く、老人に成っても妻や子供も無く、死ぬ時期も近づいて来ていますが、何が楽しくて落ち穂を拾いながら歌をうたっているのですか。」と言いました。林類は笑って、「私が楽しみにしている事は、他の人達にも有るのだけれど、却って心配事になっているのだよ。若い頃に学問修行せず、一人前に成ってから世の中の人々と競争せず、だから此の様に長生きしているのさ。年老いた此の頃は、妻も子も無く、死ぬ時期も迫って来ているから、こうやって楽しんでいるのだよ。」と言いました。

子貢は、「長生きは人の願うことですし、死ぬことは人の嫌うことです。先生が死ぬ事を楽しみとしているのは如何いう事ですか。」と言いました。林類は、「死と生とは行ったり来たりしているものだから、此処で死んだとされる者が、彼方で生きている者とされるかも知れない。だから私は死と生とは互いに同じことだと思っているのだよ。私は又、一生懸命に生きようとすることが心の迷いではないかとも思っているし、今死ぬことが此れ迄に生きて来たことよりも増しな事かどうかは分らないね。」と言いました。子貢は林類の言葉を聞いて其の意味が分らず、孔子のもとへ帰って来て先生の孔子に林類の言葉を報告しました。孔子は、「私はあの男が私と対等に話が出来る男だと分っていたが、やはりそうだったね。だが、彼は一応の道理は分っているものの、まだ十分にわかっていない所も有るね。」と言われました。

子貢が学問するのに疲れて、先生の仲尼（孔子）に、「どこかゆっくり休む所が有るでしょうか。」と申しますと、仲尼は、「人生は身を休めるような所は無いよ。」と言われました。子貢は、「それだと私には休む場所が無いのでしょうか。」と申しますと仲尼先生は、「一つだけ有るよ。あの大きな墓は高くそびえ大きく広く立派なものだ。つまりゆっくり休めるよ。」と言われました。子貢は、「偉大なものですね。死というものは。君子（人格者）は休み、小人（詰まらぬ人物）は仕方無く受け入れるのですね。」と申しました。仲尼は、「賜（子貢の名）よ、お前は此の事を知っているか。世間の人々は皆、生きていることの楽しさを知っているが、まだ生きていることの苦しみを知らないし、年老いた身が疲れていることを知っているが、まだ年老いた身がのんびりしていることを知らないし、死ぬことを嫌うことは知っているが、まだ死が身を休めることを知らないのだよ。」と言われました。

晏子（斉の名臣）が言うには、「良いねえ。昔の人々にとって死が有ったことは。仁者（心のやさしい人）は死に心を休め、不仁者（やさしい心を持たない人）は死から隠れようとするのだ。死というものは徳（人格）の帰り着く所だから、昔は死んだ人を帰人と言ったのだよ。それで死人を帰人だと言うならば、つまり生きている人は行人（旅をしている人）ということになる。旅をし続けて帰る道が分らなくなった者は、帰る家を失った者なのだ。或る人が帰る家を失ったら世間は其の事を非難するだろうが、世界中が帰る家が分らなくなってしまうと、誰も非難出来ないのだ。或る人が、故郷を離れ、六親（父母兄弟妻子）を捨てて、家業を顧みず、あちこちで遊んで家に帰ろうとしない者がいるとしたら、それは何者だろうか。世間ではそういう人を必ず頭がおかしい我が儘者だと決めつけるだろうね。また、或る人が、身体を大事にして、頭脳が勝れていることを自慢し、名誉を身につけて、世間に自分を吹聴（ふいちょう）することばかりしている者は、それは何者だろうか。世間は必ず頭脳優秀の男だとするだろうね。此の二人は、皆、正しい道を失った者たちなのだよ。しかし、世間では片方を評価しても片方は評価しないのだ。ただ、聖人（最高の人格者）だけが評価すべき者と排除すべき者とを知っているのだよ。」と。

或る人が列子先生に言うには、「貴方（あなた）はどうして虚（きょ）（無為自然）を大切にしているのですか。」と。列子先生は、「虚には大切にすることなど無いよ。」と言われました。

更に列子先生は、「名称にこだわっては駄目だ。静（せい）とか虚（きょ）とかいう実質に及ぶものは無いのだよ。静とか虚とかならば落ち着くが、取るとか与えるとかすれば落ち着く所は無いのだよ。事物の本質を捨て去って、仁（じん）や義（ぎ）を玩（もてあそ）ぶ者がいるが、もとの虚に戻ることは出来ないだろうね。」と言われました。

粥熊（いくゆう）（周の文王の師）は、「移り動いて止まること無く、天地は静かに運行しています。誰が此のことに気づいているでしょうか。だから何かが向うで減ったなら、こちらで殖（ふ）えていますし、こちらで完成する物は、向うで損壊しているのです。損失し・満ち・完成し・損壊することは、一方では生まれ一方では死ぬという物事の生れ滅びることが続いていて、その変動の様子は目にも止りません。誰が此の事に気づいているでしょうか。そもそも万物を生み出す陰陽の気は急に進行するものではなく、物の形も急に欠けたりはしません。また、其れが完成するのに気がつかず、其れが欠けるのにも気づきません。其れは又、人間が生れてから老人に成る迄のことの様です。顔色や頭脳の働きまで、一日として異らない日は無く、皮膚や爪や髪も生え代って行き、幼ない時のままで変っていないということは無いのです。其の変化の事情は分らないのです。変化が有って後に分ることなのです。」と言っています。

杞国に、或る人が、天と地とが崩れ墜ちたならば、身を寄せる所も無いだろうからと、安心して寝ることも食事をすることも出来ない人が有りました。又、彼が心配している様子を心配する者が有りました。そこで心配している人の所へ行って、その心配している人に分り易く説明して、「天は気が積っただけなのだよ。気が無い所は無いよ。身体を伸び縮みさせたり呼吸したりすること等は、一日中、天の中で運動しているのさ。どうして崩れ墜ちる心配は無いよ。」と言いました。その心配性の人は、「天が本当に気が積っただけのものならば、太陽や月や星が墜ちてしまうのではないだろうか。」と言うので、説得に来た人は、「太陽や月や星も、また同じ様に積った気の中で光り輝いているもので、此れが墜ちて来ても、それが身体に当って怪我をする事は有りませんよ。」と言いました。心配性の人は、「大地が崩れるのは、どうしたらいいでしょうか。」と言いましたので、説得に来た人は、「大地は土の塊で、四方に延び広がっているもので、その土の塊が無い場所は無いし、地面を踏み歩くこと等、一日中、地面の上を行動しているのだから、どうして大地が崩れる心配などする必要は有りませんよ。」と言いました。心配性の人はすっかり納得して大そう喜び、説得に来た人も納得して大いに喜びました。

賢人として知られた長廬子は此の話を聞いて笑って言うには、「虹だの、雲だの、霧だの、風だの、雨だの、春夏秋冬だの、此れ等は気が集積されて天に現れたものだよ。山岳だの、河や海だの、金属や岩石だの、火や木だの、こういう物は形の集積が地上に作っているものなのだ。気の集積だと分り形の集積だとかが分ったならば、どうして其れ等が崩壊しないと言えるだろうか。そもそも天地は空中に浮んでいる微細な物だけれど、形体を有する物の中では最も巨大な物で、其れがいつ終結するのか知ることは難しく、其れが最後にどうなるのか知ることは難しいのだよ。推測するのも難しく、判断するのも難しいのは、もともとそういう物なのだからだ。天地が崩壊するのを心配する人は、全く遠い将来を見ている人だ。天地が崩壊しないという人も、まだ正しい見解とは言えないね。天地が崩壊せざるを得ない状況になったら、天地は最終的に崩れてしまうだろうけれど、どうしても心配せざるを得なくなるだろうよ。」と言いました。

列子先生は此の話を聞いて笑って言われるには、「天地が崩壊すると言う人も間違っているし、天地が崩れないと言う人もまた間違っているよ。それも一つの見解だし、此れも一つの見解だね。生きている者は死ぬことを知らず、死んだ者は生きていることを知らず。未来は過去を知らず、過去は未来を知らず。崩壊するのと崩壊しないのと、私はどうしても其の様なことに心を使うつもりは無いね。」と言われました。

[註3]天子の舜(しゅん)が先生の烝(じょう)に尋ねて、「道(みち)(宇宙の法則)は手に入れて自分の物とすることが出

来るでしょうか。」と言いました。烝は「貴方の身体さえ貴方の所有物ではないのだから、貴方はどうして道を手に入れることが出来るだろうか。」と言いました。舜が「私の身体が私の所有物でないとするなら、誰が私の身体を所有しているのですか。」と言いますと、烝は、「貴方の身体は天地が形づくったものですよ。生命は貴方の所有物ではありませんよ。天地が貴方の身体に調和させている物ですよ。性格は貴方の所有物じゃありませんよ。天地が貴方に委せている物です。貴方の子孫は貴方の所有物ではありませんよ。天地の脱け殻の様な物です。だから天地は、歩いて行くのですが往く先を知らず、場所に止まっていてもそうしている理由を知らず、物を食べても何故食べているのか分らないのです。天地は強い陽の気なのです。どうして又、手に入れて自分の所有物にすることが出来ましょうか。」と言いました。

　斉国の国氏は大そう金持ちでした。宋国の向氏は大そう貧乏でした。そこで向氏は宋国から斉国に出かけて行って国氏に金持ちになる方法を教えてくれる様に頼みました。国氏が向氏に話すには、「私は上手に盗みをしたのですよ。始めて私が盗みをしたところ、一年経つと自分の力で生活できるようになり、二年経つと足りない物が無くなり、三年経つと大そう豊かになり、それから後は、多くの村里が私の恩恵を受ける様に成ったのですよ。」と言いました。

向氏は大そう喜んで、その国氏が盗みをしたという言葉の意味が分らず、国氏が言う盗みの道理も分らず、向氏は、とうとう他人の家の垣根を乗り越え、部屋の壁に穴を開け、手に触れる物や目で見つけた物を残らず盗みました。幾日も経たない中に盗品を持っていることから罪を問われ、向氏は先代から受け継いだ財産まで没収されました。

向氏は国氏が自分を欺いたと思って、国氏の所へ行って恨み言を言いました。国氏は尚氏に、「貴方は盗みをどの様にしたのですか。」と言ったので、尚氏は自分の盗みの状況を説明しました。国氏は、「あぁ貴方が盗みの道理を失っているのは此れ程までなのですか。私は貴方に盗みの道理をお話しましょう。私は『天には春夏秋冬が有り、地には利（生産物）が有る』と聞いています。私は天の時（春夏秋冬）と地の利とか、雲や雨による湿りや潤い、山や沢からの産物や生育等を取り入れて、それ等によって私の穀物を収穫し、私の稼ぎをふやし、私の家の垣根を作り、私の家を建て、陸地では鳥や獣を捕えて私の物とし、水辺では魚やすっぽんを私の物としています。穀物や土木や、鳥や獣や、魚やすっぽん等は、皆、天が生み出した物で、どうして私が所有する物と言えましょうか。しかも私は天から頂いているので何の災も有りませんよ。そもそも金や宝石、珍しい宝物、穀物や上等の布、財物や金銭は、人間が集めた物ですから、どうして天が与えた物と言えましょうか。貴方はそういう物を盗んで罪を受けたのですから、誰を怨むことが有りましょうか。」と言いました。

尚氏は大そう困惑して、国氏が重ねて自分を欺くのだと思いました。そこで東郭先生（斉の国の世捨人）の所へ出かけて行きました。そして此の話に就いて尋ねると、東郭先生は、「君の身体だって盗んだ物じゃないのかい。陰と陽の気が釣り合いが取れた所から取られて君の生命が成立し、君の形が作られているのだよ。まして外の物から取ったものではないだろう。本当にその通りだと思うが、天地の間に在る万物（あらゆる物）は互いに関係していて離れることは無い。それを自分の物だと思い込むのは、皆、惑いなのだよ。国氏の盗みは天の物を取り入れているから、災に遭うことは無い。君の盗みは自分の心から出た行為だから罪を得たのだよ。公と私が有る物も盗みだし、公と私の区別が無い物もまた盗みなのだよ。公を公とし、私を私とするのが天の道徳で、天地の道徳を知っている者は、誰が盗んだとするだろうか。誰が盗まないとするだろうか。」と言いました。

註1　『老子(ろうし)』第六章に同文が有る。

註2　『荘子(そうじ)』外篇・至楽第十八に、荘子と髑髏の問答の記事が有る。

註3　『荘子(そうじ)』外篇・知北遊第二十二に、舜と烝(じょう)の同じ問答が有る。

黄帝（こうてい）　第二

〔註〕黄帝は中国古代の帝王の名で、漢民族の始祖（しそ）とされている。

黄帝（こうてい）は即位して十五年経（た）ちましたが、世の中の人々に自分を帝王として戴（いただ）いている事を喜び、万物（ばんぶつ）に与えられている寿命を大切にし、耳で聴いたり目で見たりする事を楽しみ、鼻で嗅（か）ぐ物や口で味わう物に満足させました。それで疲れ果（は）てて、肌の色も悪くなって、頭もぼんやりして、感覚も乱れてしまいました。更（さら）に十五年経（た）って、黄帝は世の中が治まっていない事を心配し、頭を働かせ、智慧の限りを尽して、人民の生活を守ろうとしましたが、やつれ果てて、肌の色も悪くなって、頭もぼんやりして、感覚も乱れてしまいました。黄帝はそれで溜め息をついて、歎（なげ）いて「私の過（あやま）ちは大きかった。自分自身を大事にしていても、心配事は此の様に大きく、世の中のすべての物を治める場合も心配事はこの様に大きいのだ。」と言いました。そこで黄帝は政治に関するあらゆる仕事を捨て置いて、宮殿の生活を止め、側仕えの者を止めさせ、音楽の演奏を取り止め、豪華な料理を減し、大門の内側の邸宅で、のんびり暮し心を清め身なりを整えて、三ヶ月も親しく政治に関りませんでした。

黄帝が或る日、昼寝をした時、夢の中で華胥氏の国（夢の国）を気の向くままに歩き廻ったことが有りました。華胥氏の国は弇州（西の国）の西、台州（西北に在る国）の北に在ります。斉国（中国）から幾千万里離れているのか分らないほどです。多分、舟や車に乗ったり歩いて行っても行き着けない程の遠い国です。心で行き着くことが出来るだけです。その華胥氏の国は、人の上に立つ君主や指導者も無く、普通の人の関係だけです。其の国の人民には物を貪る気持が無く、自然な気持だけで暮しています。人生を楽しむことを知りませんし、死ぬことを嫌うことも知りません。だから早死という考え方も有りません。自分を大事にすることを知りませんし、自から疎遠の物を粗末にすることも知りません。だから愛するとか憎むということが有りません。背き逆うことを知らず、同調して順うということも有りません。だから利益や損害も有りません。あらゆる事に就いて、大事にしたり惜しんだりする所が無く、あらゆる事に就いて、畏れたり忌み嫌ったりする所が有りません。水の中に入っても溺れず、火の中に入っても熱くならず、斬ったり鞭で打ったりしても傷ついたり痛んだりせず、指の爪で引っ掻いても痒みや痛みを感じず、空中に浮んで歩くのは実際に土地を踏んで歩く時の様で、何も無い状態の所に寝るのも寝床に身を横たえるのと同じ様です。雲や霧も其の視界を遮らず、轟く雷の大きな音も其の聴力を邪魔したりしませんし、美しい物も醜悪な物も見る人の心を乱さず、山や谷も歩く人を躓かせることが無く、まるで神様の行動の様でした。

黄帝はやっと目が醒めて、心楽しく悟りました。そこで大臣の天老・力牧・太山稽の三人を呼んで、彼等に、「私は三ヶ月間、のんびり暮していたが、心を清め身を整え、それで修養して政治を行なう方法が有る事を思ってはいたものの、其の方法を知ることが出来なかった。疲れて眠り、夢に見たのは此の様な事であった。今やっと分ったことだが、最上の方法は、人情で手に入れようとしてはならないのだ。私は此の事が分り、私は其の方法を身につけたのだ。だが、それを君達に話す事は出来ないけれど。」と言われました。それから二十八年間、世の中は大そう良く治まり、まるで華胥氏の国の様でした。黄帝が御亡りになられた時、人民たちは悲しみの声を上げて、二百年余りも歎いたと言います。

列姑射の山は北の海に注ぐ河の中洲に在ります。その山の上に神人（神通力を身につけた人）が住んでいます。神人は風を吸い、露を飲んで五穀（稲・稷・麦・豆・麻など）を食べることは無く、心は淵や泉の様に静かで、身体つきは若い乙女の様になよやかです。公平無私で特定の人と親しくすることもなく、仙人や聖人も此の神人にお仕えしています。威圧したり腹を立てることも無く、忠実で真面目な人も神人に仕えています。人に物を施したり恵んだりはしないのに物が自然に足りていますし、集めたり取り立てたりしなくても、自分が不自由することは有りません。いつも陰の気が去れば陽の気が来るし、太陽が沈めば月が出て昼も夜もいつも明るく、春夏秋冬はいつも順序良く巡り、風と雨も順調で、生き物たちの繁殖もいつも時期を違えず、毎年の穀物の収穫も豊かで、土地に疫病も無く、人に早死なども無く、あらゆる物に病気や災害が無く、鬼神が祟ることも有りません。

列子は、老商氏（壺丘子林か）を師とし、伯高子（伯昏瞀人か）を友として、二人を先生として無為自然の道を十分に学んで、風に乗って帰って来ました。尹生（尹章戴か）は此の噂を聞いて、列子につき従って数ヶ月経ちました。尹生は自分の家に帰ることもせず、時間が有る時に、列子が身につけた道を教えて下さいと十遍も御願いしましたが、十遍の御願いに一度も教えてもらえませんでした。尹生は恨めしく思って、お暇しようと列子に願い出ましたが、列子は何も言いませんでした。尹生が列子のもとを去ってから数ヶ月経ちましたが、列子に教えて頂きたいという気持ちが止まなくて、また出かけて行って列子に従っていました。列子は、「お前は、どうして頻りに行ったり来たりしているのかね。」と言いました。尹生は、「先日、私は先生に御願いしたことが有りました。先生は、何も教えて下さいませんでした。本当に先生を恨めしく思ったのです。今はまた恨めしい気持ちが消えました。それで又、先生のもとに来たのです。」と答えました。

列子は、「前に私はお前を物の道理が良く分った人物だと思っていたが、今は、お前がこんなに下らない人物とは思わなかったよ。そこに腰掛けなさい。お前に老商氏から学んだ事を話して上げよう。

私は老商氏に御仕えして、伯高子を友達にしてから、三年後になって、心に善悪の判断を思わず、口で物の損害や利益を言わなくなると、始めて先生の老商氏は私をちらりと見て下さっただけだった。五年経った後、私は心に善悪の判断を思うようになり、口で物の利益や損害を言う様になった。先生の老商氏は、始めてにっこりして御笑いになった。七年後になって、私は心に思った通りに行動しても、一向に善も悪も無く、口で決して利益か損害かを言わなくなったのだ。先生の老商氏は私を呼んで座席を並べて腰掛けた。九年経った後に、私は心の思うままに行動し、また私が正しいか誤っているか、利益になるのか損害になるのかを考えること無く、また老商氏が私の先生なのか、伯高子が私の友達なのかも分らなくなり、内に在る思想も外に在る事物も、すべて消え失せてしまったのだ。そうした後に、目は耳の様に、耳は鼻の様に、鼻は口の様に、同じでないものが無くなったのだ。凝り固まった心が融け身体の形が融けて、骨も肉も皆融けて身体が何に凭れているのか、足が何を踏んでいるのかも感じなくなってしまったのだ。風に吹かれるままに東へ西へと移動することは、木の葉か蝉の抜け殻の様で、終いには風が私に乗っているのか、私が風に乗っているのか分らなくなってしまったのだ。

　今、お前は私の門下になって、此れ迄まだ一年にもならないのに再三私を恨んだりしている。そんなお前の身体の一部分でも、宇宙の気（活力）は受けつけないだろうし、そんなお前の身体の骨の一節(ふし)さえも地が載(の)せないことだろう。どうして空中を踏み風に乗ることを願えるだろうか。」と言われました。尹生はひどく恥ずかしがって、暫く息をひそめて、もう何も言いませんでした。

[註1]列子が関尹(かんいん)（函谷関(かんこくかん)の役人の尹喜(いんき)）に質問して「至人(しじん)（最高の道徳を身につけた人）は水の中を歩いても息ができなくなることが無く、火の中を踏み歩いても火傷(やけど)することが無く、あらゆる物の高い所を歩いても怖がらないと聞きますが、教えて下さいませんか、どうして此の様な境地に成れるのでしょうか。」と言いました。

関尹は、「此れは体内の純粋の気を守っているからだよ。知恵や技術や勇気などの結果と同じ水準のものではないね。そこに腰掛けなさい。お前に説明して上げよう。すべて形や声や色彩が有る物は、皆(みな)、物なのだ。物と物とは、どうして違いが有るだろうか。それは、どうして或る物が他の物の先に立つことが有るだろうか。此れは形や声や色彩だけの現象面のことなのだ。つまり、物が形にならない状態で、変化しない状態で止(と)まっているもの、そういう状態の物は、どうして自然の道に合致できるだろうか。彼は自然の道に安住して、窮まることの無い道に身を置き、あらゆる物の始め無く終りの無い状態に心を解放し、その本性を統一し、体内の気を大切にし、その人格を保持し、それによって万物を生み出す規律を掌握しようとしているのだ。こういう人は、生まれつきの性質が完全で、身体の元気も欠ける所が無く、何かの物がつけ入る隙は無いのだ。酔っ払いが車から転り落ちても、車が疾走していても死ぬことは無い。骨身は他の人と同じなのに怪我の程度が他の人の場合と異なるのは、その精神が純粋だったからなのだ。酔っ払っていて、車に乗ったことも分らず、車から落ちたことも分らず、死ぬとか生きるとか驚くとか懼れるとかが、その胸に起らないからなのだ。だから事件に出遭っても何も恐れなかったのだ。酔っ払いが怪我をしなかったのは酒が原因だったからだ。だから尚更、天から完全な人格を心に受けている者は怪我する事も無い。聖人は天に心を委ねているから、他の物が聖人を傷つけることは出来ないのだよ。」と言いました。

列禦寇[註2]（禦寇は列子の名）が、伯昏無人（友人の伯氏瞀人）の前で弓術を見せました。弓を満月の様に引き絞って、杯に満した水を肘の上に置き、矢を射るのですが、次ぎ次ぎと射る矢は、前の矢に後(あと)の矢が重(かさ)なり的(まと)に当ります。その様に弓を射るのに、列子はまるで木彫りの人形の様に身体(からだ)を少しも動かしませんでした。

　伯昏無人が言うには、「此れは弓を射(い)ようとして矢を放っているので、弓を射ようとせずに矢を放っているのではないね。今これからお前と一緒に高い山に登り、崖の際(きわ)の危険な石を踏み、百仞(じん)（約二百米(メートル)）ほど下にある淵(ふち)（谷の水の深いところ）を見下(おろ)す場所に行こうよ。お前は、そこで弓を射ることが出来るかね。」と。そこで伯昏無人は列子を連れて高い山に登り、足もとも危ない岩の上に立ち、深い谷の淵を見下(おろ)し、谷に後(うしろ)向きに進んで、足の半分は崖の外に垂れて、禦寇を促(うなが)して崖の方へ来るように合図(あいず)しました。禦寇は地面に伏せて冷汗(ひやあせ)が踵(かかと)にまで流れる様でした。伯昏無人は、「至人(しじん)（最高の道徳を身につけた人）は、上は青空を探(さぐ)ることが出来るし、下は黄泉(こうせん)（地下にある泉(いずみ)）にもぐることが出来るし、四方八方に思いのままに駈けめぐっても、その精神の気力が変化することは無いのだよ。今、お前は高い所でぞっとして目がくらむ様な気持ちに成っただろう。お前がここで的に当てるのは危ないものだな。」と言いました。

晋国の貴族の范氏に子供が有りますが、子華という名前です。好んで遊侠の食客を養っていました。晋国の人々は皆、子華に服従していました。子華は晋国の殿様から寵愛を受けていたので、朝廷に仕える身ではなかったのですが、子華の勢力は、三卿（司徒・司馬・司空）よりも上でした。子華が目をかけた者には、晋国では其の者に爵位を与え、子華が謗った者には、晋国では其の者を追放しました。子華のもとに集って来る者たちで、まるで晋国の朝廷の様でした。子華は其の侠客たちに、頭の良し悪しを競争させ、また、力の強いか弱いかを争わせ、子華の目の前で傷つく者が有っても、何も気にしなかったのでした。一日中そして一晩中、こういう事を楽しみとして、晋国中がそういう風俗となってしまいました。

禾生と子伯は子華の上位の賓客でしたが、郊外に出かけて、田舎暮しの老人の商丘開の家に泊りました。夜半になって、禾生と子伯の二人は、互いに子華の評判と権力に就いて、子華は生きている者を死なせ、死んでいる者を生き返らせ、金持ちを貧乏にさせ、貧乏人を金持ちにする程だと話していました。商丘開は以前から飢えと寒さに苦しんでいました。北の窓の下で禾生と子伯との話をこっそり聞いていましたので、そこで知人から食糧を借り、荷物をもっこに入れて、担いで子華の邸の門まで往きました。

子華の邸に集っている者たちは、皆、良い家柄の者たちで、上等の絹の衣服を着て、立派な馬車に乗っており、また、ゆっくりと歩き遠くを眺めている様な振る舞いの者たちでした。振り向いて商丘開の年老いて力も弱そうな、顔もうす黒く、衣服や冠もよれよれの姿を見て、商丘開を馬鹿にしない者は有りませんでした。そうやって商丘開を馬鹿にして、嘘をついてだましたりして、からかい放題であったのですが、商丘開はいつも腹を立てた様子は有りませんでした。

そうしている中に、子華の邸に集まっている者たちのからかいの種も尽き、馬鹿にして笑うのにも疲れました。そこで商丘開を連れて物見櫓に登りました。その場の人々の中に出鱈目に「自分でここから跳び下りる者がいたら百金（百万円）を褒美に上げるよ。」という者が有りました。その場の人々は我れ先に飛び下りようとしました。商丘開は本当の話だと思って、真っ先に跳び下りました。その姿は飛んでいる鳥が地上に身をひる返す様で、商丘開の肌や骨が傷つくことは有りませんでした。子華の仲間たちは、偶然にうまく出来たのだと思って、誰もすぐに不思議に思う者は有りませんでした。

それから又、河の流れの曲っている所の隈（河底の深い所）を指さして、「あの隈の深い底に宝石の珠が有るそうだ。泳いで行けば手に入るだろう。」と言いました。商丘開は再びその言葉によって泳いで行き、河から上って来ましたが、やはり宝石の珠を手にしていました。一同は始めて商丘開を不思議に思いました。子華は始めて商丘開を御馳走や上等の衣服を与える待遇に致しました。

或る時、突然、范氏の蔵に大きな火災が発生しました。子華は商丘開に、「お前が火の中に入って錦（上等の衣服）を取り出したならば、その錦の量の多少に見合う褒美を上げよう。」と言いました。商丘開は困った様子も無く、燃えている蔵の中に入って出て来ましたが、彼の衣服は焦げもせず、身体に火傷も有りませんでした。子華の仲間たちは商丘開の様子を見て、彼が道士や仙人の様な秘術を身につけていることを知って、皆が口を揃えて謝って、「私たちは貴方が道術を心得た人だとは知らずに貴方をだましたり、また、貴方が神様の様な人だと知らずに貴方を馬鹿にしました。貴方は私共を愚だと思っているでしょう。貴方は私共を耳が聞えない者だと思っているでしょう。貴方は私共を目が見えない者だと思っているでしょう。どうか貴方の道術を教えて下さい。」と言いました。

商丘開は、「私は道術など知りません。私自身の心としても、こうなった理由は分らないのです。そうですが、一つだけ思い当ることが有ります。試しに貴方たちの為に話して見ましょう。此の間、貴方たちの所から二人の客人（禾生と子伯）が私の家にお泊りになりましたが、范氏の勢力を誉めて、生きている者を死なせ、死んでいる者を生き返らせ、金持ちを貧乏にさせ、貧乏人を金持ちにする程だと話していました。私は此の話が本当の事だと信じて、疑っても見ませんでした。だから遠い土地からわざわざやって来たのです。此の土地に到着すると、貴方たちお仲間の言う事が皆本当の事だと思い、ただ其の言葉の実行に不十分であったり、実行するが行き届かなかったりする事が心配で、我が身の存在を忘れ、利害がどうなっているのかを知りませんでした。今やっと貴方のお仲間たちが私をだましていた事が分りました。私は今、心の中に疑いを生じ、他人に対して見たり聞いたりする様になり、振り返って、先日の事で火傷したり溺れたりしなかった事を運が良かったと思い、心が震えて胸の内が熱くなり、怖くなって胸の中がびくびくするのです。水にも火にも今後はどうして近づく事が出来ましょうか。」と言いました。此の事が有ってから後に、子華の仲間たちは、道で乞食や馬の医者の様な身分の低い者を見かけても、決して侮辱したりせず、必ず車から下りて挨拶する様になりました。
孔子の門人の宰我は此の話を聞いたので、仲尼（孔子の字）に報告しました。仲尼は、「お前は知らないのか。信念の固い人が何かを感動させる場合は、天地を動かし、鬼神（霊魂）を感動させ、六合（天地と四方）に自由に行動するが、彼に逆らう者は無いのだ。ただ危険な物に踏み込んだり、水や火に入ることだけでは無いのだ。商丘開は嘘の言葉を信じていたが、彼に逆らう物は無かったのだ。況して相手も自分も誠実であれば妨げる物は何も無いよ。お前は此の事を覚えて置きなさいよ。」と教えられました。

周の宣王の牧場を管理する役人に梁鴦という者がおりました。野性の鳥や獣を上手に飼育していました。彼が庭園の中で飼っていると、虎や狼や猛禽類の鷹などの仲間も、おとなしく彼に飼われていました。雄と雌とが目の前で交ったり、群をなして、違う種類の鳥や獣が雑居していましたが、互いに攻撃し合う様な事は有りませんでした。宣王は其の飼育の方法が梁鴦だけで終ってしまうことを残念に思い、毛丘園に梁鴦の飼育法を伝える様に梁鴦に命じました。梁鴦は、毛丘園に「私は低い身分の役人です。貴方にお話する様な飼育法など有りません。ただ王様が、私が飼育法を貴方に隠していると御思いになられることが心配です。取り敢ず虎を飼育する方法を一言申し上げましょう。すべての場合、其の気持に従えば喜び、其の気持に逆らうと腹を立てるのは血の気の多い者の習性です。しかし、喜びや怒りは無暗に起るものではありません。どの場合も其の気持ちに逆らうからです。そもそも虎を飼育する場合には、決して生き物を餌として虎に与えたりは致しません。餌の生き物を殺すために腹を立てるからです。決して完全な形の餌を与えたりは致しません。虎がそれを砕くために腹を立てるからです。虎の空腹と満腹の時に合せて、虎の腹を立てるのに合せるのです。虎と人間とは違った生き物ですが、自分を養ってくれる者に気に入られようとするから従順なのです。だから虎が人間を殺すのは反逆しているのです。それですから、つまり私がどうして虎の気持ちに逆らって虎を怒らせるでしょうか。また虎の気持ちに順って喜ばせたりするでしょうか。虎は喜びが元に戻ると必ず腹を立て、怒りがおさまると何時も喜びます。どの場合も心の釣り合いが取れていません。今、私の心には従順も反逆も有りません。つまり鳥や獣が私を見ると自分達の仲間の様に思っているのです。だから私が管理する庭園に遊ぶ鳥や獣たちは高い木の茂った林や広い沢（広い池や沼）に住みたいとも思わず、私の庭園に寝泊りする鳥や獣たちは山の奥や深い谷間に住むことを願ったりしないのです。物の道理がそうさせているのですよ。」と言いました。

孔子の門人[註3]の顔回が仲尼（孔子の字）に尋ねました。「私は以前、觴深の淵を舟で渡りましたが、土地の船頭が舟を操作するのは神業の様に巧みでした。私は彼に尋ねて、舟を操作することを教えて貰えるかな、と言いますと、いいですよ、泳ぎが上手な人には教えて上げますよ、泳ぎの上手な人は自然に操作が出来ますよ。それで水に潜れる人ならば、舟を見ていなくても立って舟を操作できますよ、と言いました。私がその訣を尋ねましたが船頭は教えてくれませんでした。先生に御尋ねしますが、此れはどういう事なのでしょうか。」と申しました。

仲尼は、「あぁ、私とお前とは、物の表面をいじる事は長い間だったが、まだ物の実質を突き止める程には至っていなかったね。それでは少ししっかりと考えて見ようか。泳ぎの上手な者に教えることが出来るというのは、水を怖がらないからだよ。水泳の上手な者なら自然に出来るというのは、水を気にしないからだ。つまり其の水に潜れる人が立ったままで舟を見ずに操作できるのは、あの深い淵を小高い丘の様に見ているし、舟が転覆するのを見ても地上で車が後退するのを見るのと同じ様に見ているのだよ。あらゆる物を転覆したり後退させたりして、彼の目の前で見せたところで彼の心の中に入ることは出来ないのだ。どんな所に行ったとしても、ひるむ事は無いのだよ。瓦で打ち合う賭事をする者は軽々と瓦を手にしているが、銀製の帯留めで打ち合う者は慎重にし、黄金で打ち合う者はびくびくするものだ。勝負のやり方はどれも同じだが、手にする物を大事に扱おうとするのは、手にする物の外の形を大事にするからだよ。そうなると内の心が疎かになってしまうのだよ。」と言われました。

　孔子が呂梁に往って滝を見ました。滝は三十仭（一仭は七尺）の高さから水を落し、滝の沫の流れは三十里にも及んでいました。此の滝にはすっぽん・大亀・魚・どろ亀も泳ぐことが出来ない程の烈しい水の勢でした。その時、一人の男が此の滝を泳いでいるのが見えました。孔子は、その男が何か苦しむ事が有って死のうとしているのだと思いました。そこで門人に流れに沿って其の男を助けるために行かせました。数百歩ほど流れに沿った所で、その男は流れから出て濡れた乱れ髪のままで歌をうたいながら岸の堤の下を歩いて行きます。

孔子は彼に、「呂梁の滝は三十仭の高さで、その沫の流れは三十里にも及んでいて、此の滝には、すっぽん・大亀・魚・どろ亀も泳ぐことの出来ないような所ですが、先刻は私は貴方が泳いでいるのを見て、苦しんでいる事が有って死のうとしているのだと思いました。そこで門人に流れに沿って行かせて、貴方を助けようとしたのですが、貴方は流れから出て濡れた乱れ髪のままで歌をうたっています。私は貴方を鬼（幽霊）だと思いましたが、貴方をよく見ると人間です。お尋ねしますが、水に泳ぐには何か方法や技術が有りますか。」と言われました。その男は、「有りません。私に方法や技術は有りません。私は持って生れた素質から始まって、私の水泳の技能を伸ばし、自然の理を身につけて、急流の渦巻と共に流れに入り、急流の勢と共に水から出て、水の流れの勢に従って、自分の力で泳ごうとしません。此れが私の泳ぐ原理です。」と言いました。

孔子は、「持って生れた素質、水泳の技能、自然の理とは、どういう事ですか。」と言われましたが、其の男は、「私は陵に生れて陵の生活に安住していますが、それが私の素質です。水辺（みずべ）で成長して水の生活に安住していますがそれが私の性格です。私はそういう事の理由を知りませんが、そうなっていることは運命だと思います。」と答えました。

仲尼（ちゅうじ）（孔子の字（あざな））が楚（そ）の国に行く途中で、林の中を通った時、背骨が曲った男が蝉（せみ）を取っているのを見かけましたが、まるで落ちている物を拾うように蝉を取っていました。仲尼は、「君は蝉を取るのが上手だね。何か方法や技術が有るのかな。」と言いますと、蝉取りの男は、「私に蝉取りの方法は有りますよ。五月六月の頃、竹竿の先に丸（たま）を二つ乗せて丸が落ちなければ、蝉を取り損（そこ）なうことは僅かです。丸を三つ重ねても落ちなければ、取り損うことは十分の一です。五つ重ねて落ちなければ、蝉を取るのは落ちた物を拾うようなものです。私が蝉を取る場所に居る時は木の切り株の様に動かず、私の臂（ひじ）は枯れ木の枯れ枝のようなものです。天地は大きく広く、万物（あらゆる物）の数は多いと言っても、私はただ蝉の翅（はね）だけを狙（ねら）うのです。私は身体（からだ）を少しも動かさず、どんな物とも蝉の翅と取り換える積りは有りません。どうして蝉を捕（つかま）えられないことが有りましょうか。」と言いました。

孔子が振り返って門人に言われるには、「志（目的に向う気持）が、あれこれと散漫にならなければ、精神が統一されるとは、此の背骨の曲った老人の言う通りだね。」と。すると、其の老人は孔子に向って、「あんたはゆったりした衣服を着用している儒教徒の仲間だろう。また、どうして蝉を取ることを尋ねたりするのかね。あんたは勉強していることを良く身につけて、それから後で蝉取りの方法や技術に就いて尋ねるがいい。」と言いました。

海の近くに住んでいる人で、鴎が好きな人が有りました。毎朝、海辺に行き鴎と一緒になって遊んでいました。側に来る鴎の数は百数十羽以上も有りました。其の男の父親が、「聞いた話では、鴎は皆、お前と一緒に遊んでいるそうだな。お前はその鴎を捕えて来い。私も鴎と一緒に遊んで見たい。」と言いました。翌日、海辺に男が行くと、鴎は空を舞っていましたが、海辺の浜には下りて来ませんでした。だから諺に、「最高に深遠な道理は言葉を棄て去り、最高に立派な行為は、何も為ないし、自分が聡明だと思っている事は、最も浅薄な事だ。」と言っています。

趙国の襄子が部下の兵士十万人を引率して中山の地で狩をしました。野の雑草を踏みしだき、林の木々を焼き払い、その火の勢は百里先までにも及びました。その時、一人の男が山の崖の岩の間から出て来て、煙や灰の中を風に随って上ったり下りたりしていました。その場の人々は鬼ではないかと思いました。火の勢が衰えるとゆっくりと歩いて岩かげから出て来ました。何事も無かった様な顔をしていました。襄子は不思議に思って其の男を引き留めて、ゆっくりと観察しましたが、形も肌の色も七竅（耳・目・鼻・口の七つの穴）も、普通の人間です。呼吸も声も普通の人間です。襄子は、「どんな秘術が有って石の中に居て、どんな秘術が有って火の中に入れるのかね。」と訊ねました。その男は、「どんな物を石と言い、どんな物を火と言うのですか。」と言いました。襄子は、「あんたが先刻出て来た所が石で、あんたが先刻歩いていた所が火だよ。」と言いました。其の男は、「知りませんでした。」と言いました。

魏の文侯は此の話を聞いて、孔子の門人の子夏に、「その男はどんな人間なのですか。」と尋ねました。子夏は、「商（子夏の名）が聞いた先生の孔子の言葉からすると、無心で物を受け入れる者は物と大きく一致し、何も傷つけたり妨げるものは無く、金属や石に潜ったり水や火を踏んだりする事が、皆出来るという事です。」と答えました。文侯は子夏に「君はどうしてそうしないのかね。」と言いましたので、子夏は、「心にあれこれ思うことを除き去り智慧を捨て去ることは、まだ私には出来ません。しかし、此の様な事の道理に就いてならば御話できます。」と言いました。文侯が、「君の先生の孔子は、どうして此の様な事をしないのかね。」と言いますと、子夏は「先生の孔子はこういう事が出来るのですが、こういう事をしないだけです。」と答えましたので、文侯は大そう愉快に思われました。

神巫（神がかりの人）がいて、斉の国から来て[註5]鄭の国に住んでいましたが、名前を季咸と言いました。人間の死生存亡（生き死）・禍福（災いと幸福）・寿夭（長生きと早死）が分って、何年の何月何日にどうなるかと期日を示すのが神様のようでした。鄭国の人は季咸を見かけると会うのを恐れて避けて逃げました。列子は此の様子を見て、すっかり季咸を尊敬して、帰って来て、先生の壺丘子に報告して、「始めは私は先生の道（学問）を最高のものと思っていましたが、外にも最高の道を身につけた人が有りました。」と言いました。壺子（壺丘子）は、「私はお前の為に理論を詳しく教えたが、まだ実践面では十分に教えていない。お前は本当に道（学問）が分っているのかな。沢山の雌鳥がいても雄鳥が居なければ、どうやって卵が出来るだろうか。お前は自分の学問で世の中と対抗し、世の中に必ず信用されようとするのかね。だから他人にお前の運命を調べさせようとするのだよ。試しに其の神がかりの者と一緒に此処へ来て、私をその者に見せてごらん。」と言いました。

　翌日、列子は此の神巫の季咸と一緒に壺子に会いました。其の場を退いてから、神巫が列子に「あぁ、貴方の先生はもうすぐ死にますね。生きられないでしょう。十日間も保たないでしょう。私は怪げな空気を感じました。湿った灰のような力の無いものです。」と言いました。列子は壺子の部屋に戻って、大泣きして衣服を涙で濡らしながら、壺子に神巫の言葉を伝えました。壺子は、「先刻は私は神巫の季咸に大地の様な静けさを示したのだ。どっしりと動かず、また動いて止らず、まるで私が生きて行動することが無い様な姿を見せたのだよ。試しに又、神巫の季咸と一緒に来なさい。」と言いました。

翌日、列子は神巫の季咸と一緒に壺子に会いました。其の場を退いてから、神巫が列子に言うには、「良かったですねぇ。貴方の先生は私に会ったので、病気が治りましたね。すっかり良くなって生気を取り戻しました。私は生気の発動を見ましたよ。」と言いました。列子は部屋に入って神巫の季咸の言葉を壺子に報告しました。壺子が言うには、「今しがた、私は神巫の季咸に天地の様な穏かな形を示したのだよ。名誉や実利などは無く、生きる動機が下から上って来て、それが生きる活力の発動と成っているのだよ。季咸は多分、私の生きる兆を見たのだろう。試しに又、一緒に来なさい。」とのことでした。

翌日、列子は神巫の季咸と一緒に壺子に会いました。壺子のもとを退いてから、季咸は列子に、「貴方の先生は座った時にきちんと正座していませんね。私は運勢の判断が出来ませんよ。きちんと正座させて下さいよ。そしたらもう一度判断しましょう。」と言いました。列子は部屋に入って壺子に季咸の言った事を話しました。壺子は、「先刻、私は神巫の季咸に太冲莫眹（空虚で跡形も無い状態）の状態を示してやったが、それは多分私の動と静の気の状態を見たのだろう。例えば、大きな魚が泳ぎ廻っている渦巻が淵であり、溜り水の渦巻も淵であり、流れる水の渦巻も淵であり、湧き出る水の渦巻も淵であり、泉が下へ水を落して渦巻と為るのも淵であり、泉の傍から湧く水が渦巻となるのも淵であり、せき止められた水が渦巻となるのも淵であり、流れ行く水の渦巻も淵であり、支流の川水の渦巻も淵であり、以上の淵をまとめて九淵と呼んでいる（水源は同じでなくても、流れて同じく淵と成る）。試しに又、季咸を連れて来なさい。」と言いました。

次の日、列子はまた神巫の季咸と共に壺子に会いに行きました。季咸は立ったまま腰掛けもせず、ぼんやりと気抜けした様子でしたが、急に逃げ出しました。壺子は列子に、「季咸を追いかけなさい。」と言ったので列子は季咸を追いかけましたが追いつけませんでした。そして列子は壺子に報告して、「もう姿が見えません。どこかに消え失せました。私は追いつけませんでした。」と申しました。壺子は、「先程、私は季咸にまだ最初から無の境地に在ることを示したのだ。私は季咸と共に虚の状態のままに行動し、季咸は自分の立場が何であるかが分らず、それで変化するままに変化し、行動するままに行動せざるを得なくなって逃げて行ったのだよ。」と言いました。

その後、列子は自分を振り返って見て、まだ始めから学問してないのと同じだったと思いました。列子は家に帰って、三年間は家から出かける事も無く、妻の代りに炊事をし、豚(ぶた)を飼うのも人間の世話をするのと同じ様に丁寧にして、何かの事に関しても自分の考え通りにしようとせず、見栄(みえ)や飾りを捨てて素朴さを取り戻し、冷静な心で自分なりに独立し、乱れた中にも確かな分別(ふんべつ)を抱(いだ)いて、その道一筋に生涯を終えました。

　列子先生は斉(せい)の国に往きましたが、途中[註6]で引き返しました。その途中で知人の伯昏瞀人(はくこんぼうじん)に出遭いました。伯昏瞀人が「君(きみ)はどうして引き返したのかね。」と言いますと、列子は、「私は驚いたのです。」と答えました。「何に驚いたのかね。」と問われて列子は、「私は十軒の酒店で酒を買って飲む積りでしたが、その中の五軒の店は私に酒を提供してくれたのです。」と答えると伯昏瞀人は「そういう事なら、君はどうして驚いたりするのかね。」と言いました。列子は「そもそも内心(ないしん)の欲望を抑(おさ)えられず、他人に気に入られようとする挙動は低級です。表面的な輝きで人々の心を従わせ、人々の心を軽薄にして老人を尊重することも無く、多くの災難を招くことになります。酒を売る者は、ただ飲食物を用意して僅かに暮しを立てているに過ぎません。その利益は少なく、権力なども殆ど有りません。それなのに私を大事にしてくれました。まして多大の軍事力を有する斉(せい)国の君主ならば如何(どう)

でしょうか。君主は国家の為に苦労し、政治に苦心しています。だから必ず私に国政に参加するように求めるでしょうし、私に大事な政治を委せることでしょう。私はそう考えて驚いてしまったのです。」と答えました。伯昏瞀人は、「好いねぇ。君は本当に良く事物を観察しているよ。君は出かけて行ったりしない方がいい。そうでないと人々が君を慕って集って来るだろうよ。」と言いました。

それから間も無く伯昏瞀人が列子に会いに行くと、列子の家の外にまで来客の履き物が溢れていました。伯昏瞀人は北に向いて立ち、杖を立てて杖に顎を乗せて、しばらくそうしていましたが、何も言わずに出て行ってしまいました。取り次ぎの者が其の様子を列子に報告しましたので、列子は履き物を手に提げて、はだしで走って伯昏瞀人に門の所で追いつきました。列子が「先生はもう御出でだったのに、どうして御教示の言葉を下さらなかったのですか。」と尋ねますと、伯昏瞀人は「止めて欲しいね。私はハッキリと君に話しただろう。人々は君を頼りにしようとしている、と。やはり君を頼りにしていたね。君は人々に自分を頼りにする様にさせているのではないが、君は人々が君を頼りにしないようにさせられなかった。君はどうやって人々を感動させたのかね。人々が感動し喜ぶのは他と違った意見を持っているからだろう。その上、必ず人々を感動させようとするならば、君の真実を揺り動かす事になるだろうし、それは何の利益も無いことだよ。君と一緒に遊んでいる連中は、君に大事な話をする者はいないね。連中が色々な事を言うことは、すべて君にとって害毒となることばかりだよ。君に覚したり、自分たちが悟ったり出来ないのだ。どうして君に役立つだろうか。」と言いました。

楊朱が[註7]南に沛の土地まで行った時、老聃は西の秦の国に出かけていました。楊朱は郊外で老子（老聃）を出迎えて、梁の地で老子に会いました。老子は道の途中で天を仰いで嘆息をついて、「始め私はお前を教えるに足りる人物だと思っていたが、今は教える程の人材ではないと分ったよ。」と言いました。楊朱は何も答えませんでした。宿屋に着いてから、楊朱は老子の手洗いや口すすぎや、手拭いや櫛を使う手助けをしてから、履き物を部屋の外で脱ぎ、両膝でにじり寄って老子の前に進み出て、「先刻先生は天を仰いで嘆息をついて、『始めは私はお前を教えるに足りる人物だと思っていたが、今は教える程の人材ではないと分ったよ』と言われましたが、教え子の私は其の訣をお尋ねしようと思ったものの、先生はどんどん歩いて行かれるので、お尋ねする時間が有りませんでした。それで無理にお尋ねはしませんでした。今、先生は時間がお有りの様ですから、私のどこが間違っているのかお尋ねしたいと思います。」と言いました。

老子は「お前は他人の事など気にせず、態度も傲慢だよ。誰がお前と一緒に居ようと思うだろうか。純粋に白い物は少し汚(よご)れたように見えるものだし、非常に立派な人格は、どこか欠けているように見えるものだよ。」と言いました。楊朱は居(い)ずまいを正して、改まった様子で、「慎(つつし)んで御教えに従います。」と言いました。

楊朱が宿屋に来た時には、宿屋の者たちが揃って出迎え、宿屋の主人は楊朱の座席を準備し、宿屋の主人の妻は手拭いや櫛を用意し、宿屋の客たちは座席を楊朱に譲り、火にあたっていた者は、楊朱の為に暖房を譲ったりしましたが、楊朱が帰って来た時には、宿屋に泊まっている客たちは楊朱と席を争う様でした。

楊朱(ようしゅ)註8が宋(そう)の国に立ち寄った時、東の土地で宿屋に泊りました。宿屋の主人には、お妾(めかけ)さんが二人いました。其の一人は美人で、もう一人は醜(みにく)い女でした。醜いお妾さんは大事にされていましたが、美人のお妾さんは粗末にされていました。楊朱が其の訣を尋ねますと、宿屋の主人は、「その美人の妾は、自分で美人だと思っていますが、私は彼女が美人だとは思えません。あの醜い妾は自分で醜いと思っていますが、私は彼女が醜いとは思えないのです。」と答えました。楊朱は、「門人たちよ、書きとめて置くがいい。賢明な行為をしても、自分が賢明な行為をしているとしなければ、どこへ行っても人から大事にされるだろうよ。」と言いました。

世の中には、常勝（常に勝つ）という方法が有り、不常勝（いつも勝つとは限らない）という方法が有ります。常勝の方法を柔と言い、常不勝（いつも勝たない）の方法を強と言います。どちらも分り易いことですが、人々はまだ此の事が分っていません。だから昔の人の言葉に、「強とは自分に及ばない者に勝つことであり、柔とは自分を越える者よりも先に進むことである。」と言っています。自分に及ばない者に勝つとは、自分の力に及ぶ者を相手にしては負けるかも知れません。自分を越える者よりも先に進む者には危い事は有りません。こういう方法で個人的に勝つのも、常勝と不常勝とを弁えた者たちであり、こういう方法で世の中の諸問題を処理するのも常勝と不常勝とを弁えた者たちなのです。勝とうとしなくても自然に勝ち、世の中の事に関ろうとしなくても自然に世の中の諸問題の処理を委されるのです。

粥子（鬻熊）は、「剛の立場に成ろうとするなら、必ず柔の立場で自分を守れ。強の立場に成ろうとするなら、必ず弱の立場で自分を保つがよい。柔が積み重なると必ず剛となり、弱が積み重なると必ず強となる。その積み重なった所を観察すれば、それで禍福がどちらに与えられるかが分るのだ。強は自分に及ばない者に勝つが、自分に及ぶ者に対しては、剛と柔とは自分より勝っている者に勝って、その力は推測できないのだ。」と言っています。

老聃は、[註9]「軍隊が強力であれば敗北し、樹木が堅強だと折られてしまう。柔弱な者は生存の仲間だし、堅強は死滅の仲間だ。」と言っています。

外見や容貌が似ていなくても智力は同じ程度の場合が有ります。智力は同じ程度とは言えなくても外見や容貌は似ている場合が有ります。聖人（最高の人格者）は智力が同じ程度であることを重く視て、外見や容貌が似ているかいないかに拘泥ません。世間の人々は外見や容貌が自分に似ている人の場合には親しくしますが、智力が自分と同じ程度の場合には親しく致しません。外見や容貌が自分と似ている場合は親しくしてその相手を愛し、外見や容貌が自分と異なっている場合にはその相手と親しくせず、その相手を嫌っています。

七尺（古代中国の一尺は約二十センチ）の身体で、手と足とが別な働きで、頭には髪が有り、口の中に歯が生えていて、直立して歩く者が有りますが、此れを人間と呼びます。然しながら人間は必ずしも獣の心が無いとは言えないのです。獣の心が有ると言っても外見や容貌が似ていると親しく致します。身体に翼をつけて、頭には角を生し、牙を持ち鋭い爪を持って、高い空を飛んだり身を低くして走る者を禽獣（鳥と獣）と呼びます。然しながら禽獣は必ずしも人間の心が無いとは言えないのです。人間の心を持っていたとしても外見や容貌が似ていないので嫌われてしまいます。

伏羲氏・女媧氏・神農氏・夏后氏（いずれも古代中国の帝王）は、蛇の身体で人間の顔をしていて、牛のような首や虎のような鼻をしていて、此の形は人間のものではない外見と容貌をしていますが、然しながら大聖（非常にすぐれた人格者）の人格を持っていました。夏の桀王（暴君）や殷の紂王（暴君）や魯の恒公（兄を殺す）や楚の穆公（父を殺す）は、外見や容貌や身体の七つの穴（目・耳・鼻・口）は、皆、人間と同じですが、然しながら禽獣の心を持っているのです。それなのに人々は外見や容貌が同じであれば、すぐれた智力の有る人を求めます。

黄帝が炎帝と阪泉の原野で闘いましたが、熊や羆や狼や豹や貙（虎に似た猛獣）や虎を引き連れて先駆とし、鷲や鶡や鷹や鳶を旗じるしに致しました。此れは威力で鳥や獣を使ったのです。

堯帝は夔に音楽の係りをさせていましたが、夔が磬（石の楽器）を打ち鳴らすと、多くの獣たちが舞い踊り、虞王朝の帝舜の時代の簫韶という楽器で九曲演奏すると鳳凰が舞い下りて来たと言われます。此れは音楽で鳥や獣を呼び寄せたという事です。そういう事ならば鳥や獣の心も人間の心と異なってはいないと言えます。人間は、形や声が人間と違っていると、鳥や獣にどう接すればいいのか分らないだけなのです。聖人（最高の人格者）は、どんな事でも知らない事は無く、どんな事でも分らない事は有りません。だから鳥や獣を招き寄せて鳥や獣を使うことが出来るのです。

鳥や獣の智力も、ひとりでに人間と一致するものが有ります。人間と同じ様に身体を大事にするのは人間に教えられたからではありません。雌と雄とが結ばれ、母親と子供とが互いに親しみ合い、（攻撃されやすい）平らかな土地を避けて険しい土地に住み、寒さを避けて温かい所に住んでいます。住む時には群をなして集まり、進んで行く時には隊列を作りますし、幼ない者を内側に囲み、元気の良い若い者は外側を囲み、水を飲む時は仲間と連れ立って行き、物を食べる時には鳴き声を上げて仲間を呼び集めます。大昔の時代には人間と同じ所に住んでおり、人間と同じ様に行動していましたが、古代の帝王の時代になると、始めて人間に驚いて逃げ散るようになり、更に後の世の中になると、身を隠したり逃げまどったりして、人間に害されないように危害を避けるようになりました。今、東方に介氏の国という国が有って、その国の人の中には、時々六種類の家畜（馬・牛・羊・豚・鶏・犬）の言葉を理解できる者がいるそうです。おそらく特殊な知識によって出来るのでありましょう。大昔の神聖（汚れの無いすぐれた人格の人）は、細かく万物（あらゆる物）の様子を知っていて、あらゆる鳥や獣の声や言葉が理解できました。そこで鳥や獣を集めて、色々な事を教えましたが、人間を相手にするのと同じ様でした。ですから、始めに鬼神（きしん）（霊魂など神秘的な力を持つ者）や魑魅（ちみ）（山林に住み人を害する怪物）を集めて、次に広く人民たちを集め、最後に鳥や獣や虫を集めたと言われるのは、血が通（かよ）っている生き物は心や智力がそれ程には違っていないことを物語っています。神聖（しんせい）と言われる人が此の様であったことが分（わか）ります。だから神聖が教え導くのに、少しも取り残すことが無かったのでした。

宋（そう）の国に[註10]狙公（そこう）という人がいました。猿を可愛がって、猿の群を飼育しておりました。狙公は猿の気持ちを理解でき、猿もまた狙公の気持ちが分（わか）りました。狙公は家族たちの食べ物を減（へ）して迄も猿たちの食欲を満足させていました。或る時、急に生活費が乏（とぼ）しくなったので、猿たちに与えている餌（えさ）を減（へ）らそうと思いました。ただ、猿たちが自分を嫌いになることが心配でした。そこで始めに猿たちを瞞（だま）して、「お前達に与えている橡（とち）の実（み）を、朝は三個にして夕方は四個にしたら満足するかね。」と言いますと、猿たちは皆、立ち上がって怒りました。そこですぐに「お前達に与えている橡（とち）の実（み）を、朝は四個、夕方は三個にしたら満足するかね。」と言いますと、猿たちは皆、頭を下げて喜びました。

物事は、賢明さと愚さとが混り合っているのは、此の話の様なことです。聖人が賢明さで多くの愚かな人々を言いくるめるのも、やはり狙公が智恵を出して猿たちを言いくるめたのと同じ様なことです。名称と内容とは全く同じなのに猿たちを怒らせたり喜ばせたりしたのです。

紀渚子[註11]が周の宣王のために闘鶏（鶏を戦わせる遊び）の鶏を飼育することになりました。十日経ってから宣王が「もう鶏は戦わせることが出来るか。」と尋ねますと、紀渚子は、「まだ駄目です。今は空威張りして元気一杯にしています。」と答えました。更に十日経ってから宣公が又尋ねますと、紀渚子は「まだ駄目です。まだ相手の鶏の姿や声に反応して闘おうとします。」と答えました。更に十日経ってから宣公が又尋ねますと、紀渚子は「まだ駄目です。やはり相手の鶏を見ると睨みつけて気負い立ちます。」と答えました。更に十日経って宣公が尋ねますと、紀渚子は「もうそろそろ闘えると思います。他の鶏が鳴いて挑発したところで、少しも様子を変えることは有りません。離れた所から此の鶏を見ると木で造った鶏の様に見えます。此の鶏の闘鶏としての能力は完璧です。他の鶏には向って来る鶏も無く、走って逃げてしまいます。」と答えました。

恵盎（けいおう）が宋（そう）の康王（こうおう）に御目にかかりました。康王は足を踏み鳴らし、大きな咳払（せきばら）いをして、荒々（あらあら）しく早口（はやくち）で、「私が喜んで会う者は、勇気が有って力が強い者なのだ。仁（じん）（博愛）や義（ぎ）（正義）を説（と）く者には喜んで会ったりはしないよ。貴方（あなた）は、何を私に教えようとしているのかね。」と言いました。恵盎は、「私は身に秘術を抱（いだ）いております。人が勇気が有ったとして、私を刺そうとしても決して刺すことは出来ませんし、力が有ったとしても、私を殴り飛ばす事は出来ません。王様は此の事に興味がお有りではありませんか。」と答えました。康王は「宜しい。その事は、私が聞きたいと思っている事だ。」と言いました。恵盎は「そもそも私を刺そうとしても決して刺すことが出来ず、私を殴り飛ばそうとしても出来ないという程度の些細な事は恥ずかしい話です。私は私自身に秘術を抱（いだ）いております。人が勇気が有ったとしても決して刺すことが出来ず、力が有ったとしても殴り飛ばすことが出来ない様にさせています。そもそも決して出来ないのは、私を襲撃しようという気持ちが無いのではありません。私はそこに秘術を抱いているのです。人に始めからそういう気持ちが無いようにさせるのです。そもそも私を襲撃しようという気持が無いのは、人を愛したり利益を得ようとする心が無いからです。私は此の事に就いて秘術を抱いているのです。世の中の若者や女性が喜んで人を愛したり利益を得ようとすることを欲しない者が無いようにさせます。此の事は勇気が有り力が有る事より勝っていて、右の四種類の例の上を行くものです。大王さまには其の様なお気持ちは有りませんか。」と申しました。康王は、「此の事は私が手に入れたいと思う事だよ。」と言いました。

恵盎は「孔墨は一例です。孔丘や墨翟は土地を有しない君主の様です。官職が無いのに人々の指導者に成っています。世の中の若者や女性は首を長くし背伸びして、孔墨を迎え入れて利益を得ようと願わない者は有りません。今、大王さまは、兵車一万台を有する君主です。本当に孔墨と同じ様な御気持ちが有るならば、世の中が皆大王の利益を得ることが出来ることでしょう。其の大王さまの行いは孔墨に遥かに勝っている事でしょう。」と申しました。康王は恵盎の言葉に返事も出来ませんでした。恵盎は康王の前から走り去っていました。

康王は左右にいる家臣たちに、「うまい事を言うものだね。あの男が理論的に話して私を納得させるとは。」と言いました。

註1 『荘子』外篇・達生第十九に同じ話が見える。
註2 『荘子』外篇・田子方第二十一に同じ話が見える。
註3 『荘子』外篇・達生第十九に同じ話が見える。
註4 『荘子』外篇・達生第十九に同じ話が見える。
註5 『荘子』内篇・応帝王第七に同じ話が見える。
註6 『荘子』雑篇・列禦寇第三十二に同じ話が見える。
註7 『荘子』雑篇・寓言第二十七に同じ話が見える。但し、楊朱を楊子居とする。
註8 『荘子』外篇・山木第二十に同じ話が見える。
註9 『老子』第七十六章の老子の言葉と同じである。
註10 『荘子』内篇・斉物論第二に朝三暮四の話が見える。
註11 『荘子』外篇・達生第十九に同じ話が見える。

周穆王　第三

〔註〕周の天子で、昭王の子。名は満。

周の穆王の時に、遠い西の国から魔法使いが周の都にやって来ました。魔法使いは、水の中や火の中にも平気で入り、堅い金属や石にも穴をあけ、山を川にしたり川を山にしたり、都市を他の場所に移したり、空中を歩いても落ちたりせず、物の実体にぶつかっても阻まれず、千変万化して究まる所を知りませんでした。魔法使いは、物の形態を変化させることだけでなく、人の考え方も変えてしまいました。

穆王は此の魔法使いを神様のように尊敬し、此の魔法使いを君主のようにして御仕えし、宮中の正殿に此の魔法使いを住まわせ、三牲（牛・羊・豚）の最高の料理を提供し、女性の音楽師に演奏させて此の魔法使いを楽しませました。

魔法使いは、穆王の宮殿は狭苦しくて住んでいられないし、穆王の持て成しの料理は生臭くて食べられたものではなく、穆王の側仕えの女性は体臭が悪い上に美人ではないので親しめない、と思いました。

穆王は、そこで魔法使いの為に宮殿を改築することに致しました。土木工事や、赤や白の色彩など、行き届かないことは有りませんでした。宮中の五つの蔵の財宝は建築の為に使い果しましたが、高層の建物が漸く出来上りました。其の建物の高さは千仞（一仞は約七尺）も有りました。そして終南山を見下す程でした。此の建物は中天の台（天にも届く建物）と名づけられました。また、鄭国や衛国の未婚の少女で美しい容貌の、柔らかな肌の、美しい肌の色の女性を選んで、化粧用の香油をつけさせ、眉をきれいに整えさせ、髪の飾りや耳飾りをつけさせ、細絹の服を着せて、上等の絹織物の衣服をまとわせ、白粉をつけ眉墨を引き、宝石の環を腰につけ、香草の芷や若という草で良い香りを建物の内部に充満させ、承雲（黄帝の音楽）や六瑩（帝嚳の音楽）や九韶（舜の音楽）や晨露（湯の音楽）を演奏して魔法使いを楽しくさせようとし、毎月、立派な衣服を献上し、毎日、上等の料理を差し上げたのでした。魔法使いは其れに満足したわけではありませんが、仕方無しに此れを受け取っていました。

それから間も無く、魔法使いは穆王に一緒に遊びませんかと誘いました。穆王が魔法使いの衣服の袖を掴むと、魔法使いは空を目がけて飛び上り、大空の真中で止りました。そこに魔法使いの宮殿が有って魔法使いと穆王は宮殿に到着しました。魔法使いの宮殿は、その造りは金と銀とで出来ており、装飾は宝石をちりばめてあり、雲や雨よりも高い所にあり、空中にかかっている状態は良く分りません。下界を眺めると厚い雲に蔽れていて分らず、魔法使いの宮殿では、耳で聴き目で観るものや、鼻で嗅ぎ口で味わうものなど、皆、人間世界に有るものではありませんでした。穆王は、魔法使いの宮殿は、天帝の御住まいの清都・紫微・鈞天・広楽などの宮殿の、天帝がいらっしゃる場所ではないかと思いました。穆王が下界を眺めると、自分の宮殿は土を積み重ねて、薪を積み上げたような粗末な建物でした。

　穆王が自分を振り返って見ると、魔法使いの宮殿に住み暮して数十年も経つのに、自分の国のことは何も考えなかった、と思いました。魔法使いは、また穆王に一緒に遊びませんかと誘いました。一緒に出かけた場所は、空を仰いで見ても太陽も月も見えず、下界を眺めようとしても河や海は見えませんでした。光が照すと穆王は目がくらんで何も見えず、音が響いて来ると穆王は耳で聴く力を失って何も聴くことが出来ませんでした。穆王は身体の隅々まで震え上って落ち着かず、心が乱れ魂も消えてしまい、魔法使いに頼んで自分の宮殿に帰りたいと言いました。

　魔法使いは穆王の身体を軽く一押ししますと、穆王はまるで空中から落下する様な感じでした。やっと気がつきますと、座っている所は、魔法使いの宮殿に行く前と同じ所でした。穆王の側仕えの者たちも魔法使いの宮殿に行く前と同じ者たちでした。穆王の席の前を見ると、温めた酒はまだ冷めていませんし、料理もまだ干からびたりしていません。そこで穆王は側仕えの人に、自分が今まで如何していたのかと尋ねました。側仕えの人々は、「王様は黙って座っていらっしゃいましたよ。」と答えました。それを聴いて穆王はぼんやりと気抜けして三ヶ月ほど経ってから正気に戻りました。

　穆王は改めて魔法使いに此れ迄の事を尋ねました。魔法使いは、「私と王様とは、精神だけが抜け出して旅をしたのですよ。身体の形がどうして動いたりするでしょうか。その上、先程までいらっしゃった所は、どうして王様の宮殿と違った所でしょうか。先程まで遊んでいらっしゃった所は、どうして王様の御庭と違った所でしょうか。王様は恒に見ているものを有るとして、ほんの僅かな時間に見たものを無いとして疑っているのです。物の変化の窮まるところや、速い遅いなどは、すべて測り知ることが出来ましょうか。」と答えました。

穆王は大そう喜んで、国の政治を投げ出して、家臣や側仕えの女性たちと楽しく過す事を止め、思う存分の生活をして、遠方に旅行をしようとしました。そこで八頭の駿馬が曳く車の用意を命じて、車に乗りました。車を曳く馬は、華騮（馬の名）を四頭の中の右の馬とし、緑耳を左の馬とし、外側の右に赤驥を副え馬とし、白𣾰を左の副え馬としました。主車には穆王の気に入りの御者の造父が御者となり、𦈡𦊐が右に乗りました。次車（主車の次の車）には、右に渠黄を用い、踰輪を左につけ、左に盜驪を副え馬として、山子を右につけました。（次車に穆王は乗らないので）柏夭が車の係りとなりました。参百が御者となり、奔戎がその右につきました。そして馬車を千里も馳らせて巨蒐氏の国に到着致しました。

巨蒐氏は、そこで白鵠（鳥の名）の血を献上して穆王に飲んで頂き、牛や馬の乳を用意して穆王の足を洗い、主車と次車とに乗って穆王に従った者たちにも同じ様にしたのでした。

穆王は白鵠の血を飲み終ると更に進んで行き、遂に崑崙山（こんろんさん）の麓の赤水河（せきすいが）の北側に到着して泊ることになりました。別の日には崑崙山の丘に登って、黄帝（こうてい）の宮殿を見て、壇（だん）を作って天を祭り、後の世の人々にその事を伝えました。そして最後に西王母（せいおうぼ）（仙人の女性）の客となり、仙人の住む瑶池（ようち）のほとりで酒宴を開きました。西王母は穆王のために歌をうたい穆王もその歌に合せて歌いました。その歌は悲しい調子（ちょうし）でした。そこで穆王は日が沈む所を見ようとして、一日に一万里も進んで行きました。穆王は溜め息をついて、「あぁ、私一人は立派な人格を身につけずに、楽しみに耽（ふけ）っているが、後の世の人々が私の間違った行為を指摘して責任を追及するのではないだろうか。」と言いました。

穆王は殆んど神人（しんじん）（神が人に生れ変った人）ではなかったでしょうか。その生涯に楽しみを窮（きわ）めて、やはり百年で崩じられましたが、世の人々は穆王は仙人に成られたのだとしています。

老成子（ろうせいし）（戦国時代の宋の人）が幻（げん）（まぼろし）の術に就いて尹文（いんぶん）先生（戦国時代の哲学者）

に教えて頂こうとしました。三年経っても尹文先生は何も教えてくれません。老成子は、自分のどこが間違っているのでしょうか、と言って尹文先生のもとを去ろうとしました。尹文先生は軽く会釈して老成子を部屋の中に入れて、左右の人を部屋の外に出して、老成子と向き合って言いました。

「昔、老聃（老子）が西方に行く時に、振り返って私に言われるには、『生きているものの気、形の有るものの状態は、すべて幻の変化なのだ。天地開闢の時に、陰陽が変化するが、陰が変じて陽となるものは生と謂い、陽が変じて陰となるものは死と謂うのだ。自然の規律を尋ね求めて行けば変化の本原に通達し、物体が同じ状態ではなく転移変化することによって化を為すと謂い、幻を為すと謂うのだ。大自然の巧妙な秘密は働きが深く本来窮め尽すことが難しく、深く究めることは難しい。形によって生ずる変化は、その巧妙さが顕われるが、その働きの結果は浅薄なのだ。だから生ずるものは滅んで行くのだ。ただ道の幻の変化と生き死にとは同じ道理に拠るものなのだ。』と。私とお前との存在も一種の幻の現象なのだよ。まだ幻の術に就いて何か学びたいことが有るかね。」と尹文先生は言いました。

老成子は家へ帰って尹文先生の言葉を深く考えて三ヶ月も経ちました。そして遂に事物の存在と消滅の運命を把握することが出来るようになり、春夏秋冬を入れ換えて、冬に雷を発生させ、夏に氷を造り、空を飛ぶものを地上に走らせ、地上を走る者は空を飛ばせました。ただ一生涯、その術を人に伝えませんでした。だから後の世に老成子の伝記は伝わっていません。

列子先生が言われるには、「物をよく変化させる人は、その術をひそかに発生作用させるけれども、その働きは一般の人と同じ様に見える。五帝（黄帝・顓頊・嚳・堯・舜）の人格や三王（夏・殷・周の天子）の働きは、まだ必ずしも智恵や勇気の力を尽したものではなく、場合によっては変化によって得られた結果なのだろうが、誰がそれを推測できるだろうか。」と。

人が目覚めている時には八つの徴候が有ります。夢には六つの徴候が有ります。

八つの徴候とは何でしょうか。第一は故（事故）です。第二は為（作為）です。第三は得（獲得）です。第四は喪（喪失）です。第五は哀（悲哀）です。第六は楽（歓楽）です。

第七は生（生存）です。第八は死（死亡）です。此の八種類の表現は、形体と外界の事物とが接触した後に生ずるものです。

何を六候と言うのでしょうか。第一は正夢（まさゆめ）です。第二は蘁夢（驚かされた夢）です。第三は思夢（思っている事から引き出される夢）です。第四は寤夢（目醒めている時に見る夢）です。第五は喜夢（喜び事によって生ずる夢）です。第六は懼夢（恐れている事を見る夢）です。此の六種類の夢は精神と外界の事物と交感した後に生ずるものです。

物に感じて変化する事情を知らない者は、そういう事態に出合うと、それが如何いう理由でそうなっているのか迷ってしまうのです。物に感じて変化する事情を知っている者は、そういう事態に出合うと、それが如何いう理由でそうなっているのかが分っています。それが如何いう理由でそうなっているのかが分ってれば、何も恐れることは有りません。一人の人間の身体の盈虚（満ち缺け）や消息（陰の気が消え陽の気が生れる）は、すべて天地に通ずるもので、外物と感応し合うものです。ですから、陰の気が盛んであると、大きな深い川を歩いて渡ろうとする恐怖を夢に見ますし、陽の気が盛んであると、燃えさかる火の海をくぐり抜けようとして身体が焼ける夢を見ます。陰の気と陽の気と両方とも盛んであると、生きる夢や死ぬ夢を見ます。腹一杯に物を食べた時には他人に物を与える夢を見ますし、ひどく腹が空いている時には他人の物を取る夢を見ます。ですから、身体が弱くて病気勝ちな人は身体が上に揚って行く夢を見ますし、身体が丈夫なのに病気に罹っている人は水に溺れる夢を見ます。寝床に帯を敷いて寝ると蛇の夢を見ますし、飛ぶ鳥に髪をくわえられると空を飛ぶ夢を見ます。身体が陰の気に成ろうとすれば火に焼ける夢を見ますし、病気に罹った時には食べ物の夢を見ますし、酒を飲む夢を見れば醒めてから憂鬱な目に遭い、歌ったり踊ったりする夢を見れば醒めてから悲しくて泣く目に遭います。

　列子先生が言われるには、「精神と外界の事物とが合致するものが夢であり、形体と外界の事物とが接触したものが実際の事情と成るのだ。だから昼間は物を思い、夜は夢を見るというのは、精神と事物の形体とが合致しているのだよ。だから精神が集中できる者は、昼間の思いや夜の夢が自然に消えて行くのだ。本当に目覚めている人は語らないし、本当に夢見ている人は悟ることができないのだ。此れ等はすべて事物の間を往来するものなのだ。昔の真人（道を悟った人）は目覚めている時は自分ということを忘れており、寝ている時は夢を見ないと謂われているのだ。満更、作り話とは言えない様だね。」と。

遠い西の涯（はて）の南に一つの国が有りますが、広大な国で隣接する国も分りません。古莽（こもう）の国と名づけられています。陰（いん）の気と陽（よう）の気とが交（まじわ）ることが無い所なので、それで寒さ暑さの区別が無く、太陽や月の光が照すことが無い所で、従って昼と夜との区別が無く、其の国の人民たちは、物を食べず、服を着ず、また多くの人民は眠っていて、五十日に一回、目が覚（さ）めるのです。それで夢の中で為（し）ていることを事実だと思い、目が覚めた時に見るものを心の迷いだと思っています。

四方を海で囲まれた中央は、中央の国と名づけられています。黄河（こうが）の南北に跨（また）っていて、泰山（たいざん）の東西を越えている其の広さは一万里余りです。其の国では陰（いん）の気と陽（よう）の気の度（ど）合いは明らかになっています。ですから、寒さと暑さ、暗さと明るさとの区別がはっきりしています。だから昼も有れば夜も有り、その国の人民には智恵のすぐれた者も有れば愚かな者も有ります。あらゆる物が繁殖し、多くの分野の才芸が発達しています。此の国には君主と臣下との区別が保たれていて、礼儀作法（さほう）が互いに保たれています。その人々の言葉や行動は多方面で数え切れません。目が覚（さ）めたり眠ったりしても、目が覚めている時に為した事は現実であり、夢に見た事は心の迷いだとしています。
　東の涯の北の隅に国が有って、阜落の国と言います。其の国の風土はいつも暖かく、太陽や月の残照に照されています。其の土地では食べるのに適した穀物が生長せず、其の国の人民たちは、草の根や木の皮を食べていて物を煮て食べることを知りません。人民の性格は強情で荒々しく、強い者と弱い者とが互いに相手を抑えつけて、勝つことだけが大切で、礼儀などを大切にせず、毎日、東奔西走して、殆んど休息せず、いつも目が覚めていて眠ることは有りません。

　周の尹氏は、大いに家業に励んでおりました。その下で走り使いする者たちは、朝から晩まで休息することも無く働いていました。年老いた下働きの男がいましたが、筋肉の力も衰えていました。それなのに此の男を益〻働かせていました。此の男は昼間は呻きながら仕事をこなし、夜は疲れ果てて熟睡していました。此の男の精神はぼんやりして乱れていました。此の男は毎晩、夢の中で一国の君主と成り、人民たちの上に君臨し、国家の事を運営し、宮殿の中で遊び楽しみ、自分がしたいと思うことを思う存分に致しました。其の楽しさは較べるものも有りませんでした。目が覚めると、また人に使われる身と成ります。或る人が其の男の苦労を慰めました。

其の男が答えて、「人生百年の中で、昼と夜とは半々だよ。自分は昼間は下働きで人に使われて、苦しいことは苦しいけれど、夜は人民を従えた君主となって、その楽しみは較べるものが無い程だよ。何も怨むことは無いさ。」と言いました。

尹(いん)氏は、心は世の中の事を思い、家業の事ばかり考え、心も身体も疲れ果てて、夜はひどく疲れて寝ていました。毎晩、夢の中では人に使われて下働きの男と成り、走り廻って働き、何から何まで働かされて、何度も罵(ののし)られ、杖で打たれ、あらゆる侮辱を受けました。尹氏が寝ている時は、寝言(ねごと)を言ったり呻(うめ)いたりして、朝になると漸(ようや)く目が覚(さ)めて昼間の尹氏に戻りました。尹氏は此の状態が気がかりで、友人に相談に行きました。

友人が言うには、「君の地位は晴れがましい程であり、君の財産は有り余る程だ。他人よりも遥かに勝(まさ)った暮(くら)しだよ。夜、夢の中で他人に使われる身と成るのは、苦労と快楽とが交互に訪れるということで、運命とはいつもそういうことだよ。君が現実の快楽を夢の中でも同じ様にしたいと思っても、それは無理というものだろう。」と。

尹氏は友人の其の言葉を聞いて、年老いた下働きの男の仕事の量を軽くしてやり、自分が世の中の事を思い、家業の事ばかり考える事を減(へら)しました。それで昼間に仕事に頭を使い、夜に夢の中で苦しむ事が少くなりました。

鄭(てい)国の人で、郊外で薪(たきぎ)を取っている者が有りました。或る日、何かに驚いて走って来る鹿(しか)に遇(あ)いました。そこで鹿を迎え撃(う)って、鹿を斃(たお)しました。人が其の様子を見ていたのではないかと警戒して、急(いそ)いで鹿を水の無い堀の中に隠して、鹿の上に草をかぶせて鹿が見えないようにしました。鹿を撃ち殺した其の喜びを抑(おさ)え切れませんでした。ところが急に鹿の隠し場所を忘れてしまいました。そこで、男は鹿を撃ち殺したのは夢だったのかと思い、道を歩きながら其の事を呟(つぶや)いていました。近くにいた男が其の呟きを聞いて、其の呟き通りに探し当てて其の鹿を手に入れました。そして男は家に帰ってから、其の妻に話すには、「最初に薪を取っていた男が、夢の中で鹿を手に入れたが、其の場所が分らなかった。私は今、鹿を手に入れたのだ。あの男は全く本当に夢を見ていたのだよ。」と言いました。妻は、「あなたは夢の中で薪(たきぎ)を取る男が鹿を手に入れたのを見たのですか。どうして薪を取る男などいるのでしょうか。今、あなたは本当に鹿を手に入れました。此れはあなたの夢が正夢だったからではありませんか。」と言いました。鹿を手に入れた男は、「私は実際に鹿を手に入れたのだよ。どうしてあの男の夢が私の夢だと分るのか。」と言いました。

薪を取っていた男は家に帰っても、鹿をどこに隠して置いたのか諦め切れず、その夜に本当に鹿を隠して置いた場所の夢を見ましたが、その鹿を手に入れた男の夢も見ました。夜明けになって、夢に見た場所を考えて、その鹿を手に入れた男を探し当てました。そこで役所に訴えて、鹿がどちらの物かを争うことになり、役人に其の判断をまかせることになりました。

役人は、「君は始めは本当に鹿を手に入れたのに、軽々しく夢だと思い込み、本当に夢を見て鹿を手に入れると軽々しく現実だと言う。彼は現実に鹿を手に入れて君と鹿の所有を争い、奥さんは、夢の中で他人の鹿を認めたのだから、薪を取る男が鹿を手に入れたのではないと言っている。今、鹿がここに有るのだからどうか此の鹿を二つに分けようではないか。」と言いました。

此の事が鄭国の殿様の耳にも入りました。鄭国の殿様は、「あぁ、役人は、夢に見た鹿を現実の人間に分けようとしているのか。」と言いました。そして此の事を大臣に尋ねました。大臣は、「夢なのか、夢ではないのかは、私が区別できる事ではありません。現実と夢とを区別できるのは、ただ黄帝と孔丘（孔子）とだけです。今は黄帝も孔丘も亡っています。誰が現実と夢とを区別できるでしょうか。今のところ、役人の言葉に従って置いても宜しいかと存じます。」と言いました。

宋国の陽里に華子という人は、中年になって認知症になりました。朝に取った物は夕方に忘れ、夕方に人に与えた物は翌朝には忘れてしまいます。道を歩けば行く先を忘れ、部屋に居れば腰掛けることを忘れ、現在は将来の事が分らず、後になれば現在の事がわからないのです。

一家中が華子の病気に難まされ、占い師に頼んで病気を治すように占って貰いましたが効き目は有りませんでした。巫（霊魂に仕える女性）に頼んで病気の事を祈って貰いましたが、治りませんでした。医者に頼んで病気を治そうとしましたが、治りませんでした。

魯(ろ)の国に儒者(じゅ)（儒学の研究者）がいましたが、自己推薦で、病気を治して上げようと言いました。華子の妻や子供たちは、財産の半分を上げますからという事で、儒者に病気を治してもらうことになりました。

儒者が言うには、「此の病気は、もともと占いの力で治せるものではなく、祈祷(きとう)の力で治せるものでもなく、薬の力で治るものでもないのだよ。私は試しに其の病人の心を変化させ、病人の考えを改変させせよう。何とか其れで治るだろうよ。」と言いました。

そういう次第(しだい)で、ためしに華子を裸(はだか)にすると衣服を着たいと言い、食事を与えないと食べ物を求め、暗い部屋に置くと明(あか)りを持って来いと言いました。儒者は嬉しそうに華子の子供に告げて、「病気は治るに違いない。しかし私の治療法は、世間に知られることを秘密にしているもので、人に教えるものではないのだ。試しに身近かな人を遠(とお)ざけて、私一人が病人と一緒に七日間、部屋に籠(こも)っていたい。」と言いました。子供は其の言葉に従いました。それでそれが如何(どう)いう治療法だったのかを知っている者は有りませんでした。そうして華子の長い年月の病気は一度(ど)に治ってしまいました。

華子は正気(しょうき)に戻ると、ひどく腹を立てて、妻を追い出し子供を咎(とが)め、戈(ほこ)（武器）を手にして儒者を追いかけました。宋国の人が華子をつかまえて其の理由を尋ねました。華子が言うには、「以前、私が物忘れしてから心がゆったりとして、天地の有る無しさえ分らなくなっていたのだ。今、急に過去の事を知り、ここ数十年間の物事の存亡（有る無し）・得失（得たもの失ったもの）・哀楽（悲しみ楽しさ）・好悪（好き嫌い）が、ごたごたとあらゆるものが私の心に起って来たのだ。私は多分、将来の存亡・得失・哀楽・好悪が私の心を乱すことが今迄と同じ様になるだろうし、少しの間の物忘れも二度と無いだろうよ。」と言いました。

子貢は此の話を聞いて、妙な話だと思って孔子に報告しました。孔子は、「此れはお前が理解できる様な話ではないよ。」と言って、振り返って顔回に言って、此の話を記録させました。

秦国の人の逢さんに、子供が有りました。その子は若い頃は頭の良い子でしたが、壮年（年頃）に成ってから精神が混乱する病気に罹りました。歌を聞くと泣いているのだなと思い、白い色を見ると黒い色だと思い、良い香りを嗅ぐと臭いと思い、甘い物を甜めると苦い物だと思い、間違った行為をしても正しい行為だと思っています。心を働かせることは、天地四方でも水火や寒暑でも、まるで反対に思っていました。知人の楊さんが、その子の父親の逢さんに教えて、「魯の国の知識人には技術や学問に優れた人が多いから、あなたの息子さんの病気を治すことが出来ますよ。あなたは如何して訪ねて行かないのですか。」と言いました。そこで其の子の父親の逢さんは、魯の国に行こうとして陳の国を通り過ぎる所で老耼（老子）に出会いました。それで自分の子の病状を話しました。

老耼は、「あんたは如何してあんたの子が迷っていると分ったのかね。今、世界中の人が皆、正しいことか間違っていることかの判断に迷い、利益になることと損害になることとの判断も出来ず、あんたの子と同じ様な病状の者も多く、もともと物事が正しく分っている者などは無いのだよ。その上、一人の人間が迷ったところで一つの家庭を崩壊させる程のことでは無く、一つの家庭が迷ったところで一つの地方を崩壊させる程のことでは無く、一つの地方の迷いは一つの国を崩壊させる程のことでは無く、一つの国の迷いは世界中を崩壊させる程のことでは無いのだ。世界中がすべて迷ったなら、誰が世界中を崩壊させるだろうか。もしも世界中の人々に、その心をあんたの子の様にしてしまったら、あんたは却って迷っているとされるだろうよ。哀楽（悲しみと楽しさ）・声色（音声と顔色）・臭味（悪いにおい・良い味）・是非（正しさと間違い）を誰が正しく判断できると言えようか。その上、私の言葉さえ必ずしも迷っていないとは言えないのだ。まして魯の国の知識人は迷いが甚しい連中だから、どうして人の迷いを正すことが出来るだろうか。あんたは食糧をになって、さっさと家に帰った方がいいよ。」と言いました。

燕の国の人で、燕の国で生まれて、楚の国で成長し、年老いてから燕国に帰ることになり、晋国を通っていました。一緒に旅をしていた者が此の老人をだまして、晋国の城を指さして、「此れは燕国の城ですよ。」と言いますと、老人は顔を引きしめて態度を緊張させました。土地の神を祀った社を指さして、「此れはあなたの村里の社ですよ。」と言うと、老人は溜め息をついて悲しげな様子でした。小さな家を指さして、「此れがあなたの先祖が住んでいた家ですよ。」と言うと、その老人は涙を流して泣きました。小高い所を指さして、「あそこがあなたの先祖の墓地ですよ。」と言うと、その老人は声をあげて泣き出しました。

一緒に旅行していた者は大笑いしながら、「私は先刻あなたを瞞したのですよ。ここはまだ晋国ですよ。」と言いました。老人は大そう恥ずかしく思いました。燕国に到着してから、老人は本当の燕の城や社を見ましたし、本当の先祖の住居や墓地を見ても、悲しい心には成りませんでした。

仲尼　第四

〔註〕孔子の名は丘、字は仲尼。

仲尼（孔子）が部屋でくつろいでいました。子貢が部屋に入って側に控えておりました。その時、仲尼には何となく憂いの様子が有りましたが、子貢は先生の仲尼の憂鬱そうな様子の理由を尋ねようとはせず、部屋を出て顔回に仲尼先生の様子を話しました。顔回は琴（弦楽器）を抱いて歌いました。孔子は顔回が歌っているのを聞いて、思った通り、顔回を呼び寄せて、「お前は如何して独りで楽しんでいるのかね。」と尋ねました。顔回が、「先生は如何して独りで心配なさっているのですか。」と言いますと、孔子は「先にお前の気持を言いなさい。」と言いました。顔回は、「私は以前に此の様な事を先生から伺いました。先生は『天（宇宙の支配者）から与えられた運命を楽しみ、自分の生き方を知る。だから憂いはない。』と言われました。私が楽し気にしている理由ですよ。」と言いました。

孔子は顔色を急に変えて、少し間を置いてから、「そういう事を言ったのかな。お前の受け取り方は間違っているよ。それは私の以前に言った言葉なのだ。どうか私が今言っている事が正しいとして欲しいね。お前は意味も無く、天から与えられた運命を楽しんで、自分の生き方を知るから憂いは無いと知っているが、まだ天から与えられた運命を楽しんで、自分の生き方を知っていても、憂いが大きいものが有ることを知らないのだ。今、お前に其の本当の事を教えて上げよう。自分の身を修養して、困窮するも栄達するも運命にまかせ、身に困窮や栄達が来たり去ったりするのは自分の力で無いことを知って、心や思いを変えたり乱したりすることが無いのは、お前が言っている天から与えられた運命を楽しみ、自分の生き方を知る、だから憂いは無い、という事だ。以前、私は「詩」とか「書」とかの書物を編修し、「礼」（道徳の規範）や「楽」（音楽）を訂正したのは、それで世の中を治め、詩書礼楽を後の世にまで残そうとしたからだよ。単に一人の身を修養し、魯の国を治めようとするだけではない。それなのに魯の国の君主や臣下（けらい）は日に日に其の節序を失い、仁（人を愛する心）義（正しさ）は益〻衰えて、人情（情感や本性）も益〻薄くなっている。私の主張する道徳は、一国家、現在にさえ行なわれていないのだ。それでは世の中と将来の世の中とを如何(どう)したらいいだろうか。私は始めて詩書礼楽が世の乱れを救うことが出来ない事が分ったが、まだ乱れた世の中を改革するやり方(かた)の方法を知らないのだよ。此の事が、天から与えられた運命を楽しみ、自分の生き方を知る者が憂(うれ)える現在なのだ。そうではあるが、私はこういう事が分った。そもそも天から与えられた運命を楽しみ、自分の生き方を知るという事は、昔の人の言っていた楽しんだり知ったりする事ではないのだ。楽しむことなく、知ることがない、という事が無いという事が、本当に楽しみ本当に知る事なのだよ。だから楽しまない所が無く、知らない所が無く、憂(うれ)えない所が無く、行なわない所が無いのだ。詩書や礼楽など何も放棄(ほうき)することはないし、其れを改めて、如何(どう)しようと言うのかな。」と言いました。顔回は北に腰掛けている孔子に向って、深く頭を下げてお辞儀をして、「私も先生の仰有(おつしや)ることが分ります。」と言いました。

　顔回は孔子の部屋を出て、孔子の言葉を子貢に伝えました。子貢は其れを聞いて、ぼんやりとして何も分らなくなった様子でした。子貢は家に帰って、深く思いに沈んで七日間も、眠りもせず食事もせず、痩せて骨ばった身体に成るほどでした。顔回はまた子貢の所へ行って、子貢に教えたり説明したりしました。そこで子貢は丘(きゅう)（孔子）の所に戻って、琴に合せて歌ったり、書物を読んだりして、一生涯止めなかったのでした。

陳国の大夫（重臣）が魯の国を訪問し、私的に叔孫氏に会いました。叔孫が「私の国には聖人（最高の人格者）がいますよ。」と言うと、陳国の大夫は、「孔丘（孔子）ではありませんか。」と言いました。「そうですよ。」と言うと、陳国の大夫は、「どうして彼が聖人だということが分るのですか。」と言いました。叔孫氏が言うには、「私は以前に孔子の弟子の顔回に聞きましたが、顔回は、孔丘は自身のあらゆる物に接しても心を動かさずに行動が出来る、と言っていました。」と。陳国の大夫は、「私の国にも聖人がいますが、あなたは御存じありませんか。」と言いました。叔孫氏が「聖人とは誰のことですか。」と言うと、陳国の大夫は、「老聃の弟子に亢倉子という者がおります。老聃の教えを会得して、耳で視ることが出来ますし、目で聴くことが出来ます。」と言いました。

魯国の殿様は此の話を聞いて大そう驚き、上級の大臣に鄭重な贈り物を持たせて亢倉子を招待しに行かせました。亢倉子は招聘に応じて魯国にやって来ました。魯国の殿様は丁寧な口調で亢倉子に、耳で視たり目で聴くという事に就いて尋ねました。亢倉子は、「そういう事を人に伝えるとは出鱈目ですよ。私は見たり聴いたりする時に、耳や目を十分に使っているとは言えませんが、耳や目のそれぞれの働きを交換することは出来ません。」と言いました。魯国の殿様は、「此れは益々不思議な話だね。あなたの道術（老聃の教え）は如何いう内容だったのですか。私は結局、その道術の事を聞きたいのですよ。」と言いました。亢倉子は、「私の身体は心の働きに合致し、心の働きは天地の活力に合致し、天地の活力は精神の力に合致し、精神の力は虚無に合致しています。そもそも形が非常に小さい物で非常に微かな音がする時は、四方八方の遠くの涯の外に有っても、眉や睫毛の近くであっても、私のそばに近寄って来て私に干渉しようとする者は、私は必ず分ります。それは私の七孔（耳・目・鼻・口の七つの穴）や四支（手と足の四本）が覚るものなのか、心腹（心臓と胃腸）や六蔵（心臓・肺臓・肝臓・脾臓・腎臓・膵臓）が知るものなのか、分りません。それは自然に分るものなのです。」と言いました。魯国の殿様は大そう喜んで、他日、その事を仲尼に話しました。仲尼は笑って何も言いませんでした。

　宋国の太宰（君主の補佐役）が孔子に会って、「丘（孔子の名）よ、君は聖人（最高の人格者）かね。」と言いました。孔子は、「聖人などとは私（丘）は如何して言えましょうか。そうではなくて私は広く学問をして多くの知識を得ている者なのです。」と言いました。太宰は、「三王（夏・殷・周の天子）は聖人かね。」と尋ねました。孔子は、「三王は智力と勇気を発揮して世の中を治めた王達ですが、聖人だったか如何かは私は知りません。」と言いました。太宰は、「五帝（黄帝・顓頊・帝嚳・堯・舜）は聖人か。」と尋ねました。孔子は、「五帝は仁義（慈愛と正義）によって世の中を治めた皇帝たちですが、聖人だったか如何かは私は知りません。」と答えました。太宰は、「三皇（伏義・神農・黄帝）は聖人か。」と尋ねました。孔子は、「三皇は時勢に良く順応して当時の世の中を治めましたが、聖人か如何かは私は知りません。」と答えました。太宰は大そう驚いて、「それでは誰が聖人なのかね。」と尋ねました。孔子は姿勢を正しくして、少し間を置いてから、「西方の国[註1]に聖人が居ります。政治に力を入れなくても世の中が乱れず、何も言わなくても自然に人々から信頼され、教化を実施しなくても政治が正しく行なわれています。その人格はゆったりとしていて人民たちは称讃することを忘れています。私は、その人が聖人なのかとも思うのですが、本当に聖人なのか、本当は聖人ではないのか、分りません。」と答えました。

太宰は、暫く黙って考え込んでいましたが、「孔丘の奴は私を瞞したな。」と言いました。

門人の子夏が先生の孔子に、「顔回の人がらは如何ですか。」と尋ねました。孔子は、「顔回の仁（思いやりの心）は、丘（私）よりも優っているね。」と言いました。子夏が、「子貢の人がらは如何ですか。」と尋ねますと、孔子は、「賜（子貢）の弁舌は、丘よりも優っているね。」と言いました。子夏が「子路の人がらは如何ですか。」と尋ねますと、孔子は、「由（子路）の勇気は丘よりも優っているね。」と言いました。子夏が、「子張の人がらは如何ですか。」と尋ねますと、孔子は、「師（子張）の荘（堂々とした態度）は丘よりも優っているね。」と言いました。子夏は席から立ち上って孔子に「それならば四人は如何して先生に師事しているのでしょうか。」と尋ねました。

孔子は、「まぁ腰掛けなさい。私はお前に説明して上げよう。回（顔回）は仁であるけれども、融通がきかない所が有る。賜（子貢）は弁舌に優れているけれども話は控え目にすることを知らない所が有る。由（子路）は勇敢だけれども慎重に退くことを知らない所が有る。師（子張）は堂々とした態度だけれども他人と和かにすることを知らない所が有るのだよ。四人の長所と私の学問とを交換しようとしても私は同意できないね。此の事が、四人が私に師事している理由なのだ。」と言いました。

子列子（列子先生）は、壺丘子林を自分の先生とし、伯昏瞀人を友人としてから、町の南の区域に住んでいました。列子先生に従って教えを受けようとする者たちが集って来て、毎日、数え切れない程でした。そうではありましたが、列子先生の学問もまだ完成されていなかったので、毎日、集って来た者たちと討論する声が辺りに聞えていました。そして、南郭子と垣根を境に隣り合って二十年になっていましたが、お互いに往き来することは有りませんでした。列子先生は道で南郭子に遇うことが有っても、互いに目をそらしていました。列子先生の門人たちが思うには、列子先生と南郭子とは敵対しているのだと信じて疑いませんでした。

楚の国から来た者が有りましたが、列子先生に尋ねて、「先生は南郭子と如何して敵対しているのですか。」と言いました。列子先生は、「南郭子は姿や容貌が豊かだが心は虚しくしているのだよ。耳は何も聞かないし、目は何も見ないし、口は何も言わないし、心は何も知らないし、身体は何も変った所が無いのだ。訪問したところで何の効果が有るだろうかね。そうだけれども試しにお前と一緒に南郭子の所へ行って見ようか。」と言いました。列子先生は門人四十人を選んで一緒に連れて行き、南郭子に会いました。すると、やはり南郭子は泥か木で造られた人形の様で、南郭子と一緒に話が出来る様な状況ではありませんでした。南郭子が振り返って列子先生を見ても、身体と精神とが一致していなくて、根本的に仲間に成れそうにありませんでした。

南郭子は、急に列子先生の門人の一番後にいる者を指さして、彼と話し始め、自分の主張を曲げず、相手を言い負かすのを好んでいる様に見えました。

列子先生の門人達は南郭子の様子に驚き、寄宿舎に戻ってから、皆、疑問を抱いた顔つきをしていました。列子先生は、「悟りを得た者には言葉は要らないし、知識の限りを得た者にもまた言葉は要らないのだよ。言葉が無いのを言葉とするならそれも言葉だし、知識が無いのを知識とするならそれも知識なのだ。言葉が無いことと言わないこと、知識が無いことと知らないこと、どちらも言葉だし、どちらも知識なのだ。また、言わない所が無く、また、知らない所が無く、また、言う所が無く、また、知る所が無い、南郭子はそういう人がらなのだよ。お前達は如何してやたらに驚いたりするのかね。」と言いました。

列子先生は、[註2]老商氏のもとで学んで、三年経った後に、心の中で決して是非（正しいか正しくないか）を思わず、口で決して利害（利益と損害）を言わなくなりましたが、そうなって始めて老商氏は列子先生をちらっと見たきりでした。五年の後に、列子先生は心の中でひたすら是非を思い、口でひたすら利害を言うようになりましたところ、老商氏は始めて一回だけ顔の表情をゆるめて笑いました。七年の後に、列子先生は心に思った通りにして、一向に是非を考えず、口に言うのにまかせて、一向に利害に関わらなくなりました。老商氏は始めて列子先生を部屋に引き入れて席を並べて腰掛けたのでした。九年の後に列子先生は、心に思った通りに言葉にし、また自分にとって是非や利害になるのかは分らず、また他人にとっても是非や利害になるのかは分らず、他人も自分も区別がつかなくなりました。そうなると、目は耳の様に、耳は鼻の様に、鼻は口の様になって、口と全身の作用とが同じでないものは無くなりました。心や精神は凝り固まり、形は崩れ、骨や肉はすべて融け合って、肉体の形の根拠となるもの、足が踏んでいるもの、心に思っているもの、言葉の意味するもの、等が分らなくなりました。ただ此れだけの事です。つまり道理が隠れている所は無いのです。

最初、列子先生は外出するのが好きでした。先生の壺丘子（壺丘子林）が、「禦寇（列子）よ、外出するのが好きだね。外出すればどんな好い事が有るのかね。」と言いますと、列子は、「出歩くことが楽しいのは、目に映る光景は古い物が無いことです。他の人達の外出は、目に入る光景を見ているだけです。私の外出は目に入る光景が如何変化して来たのかを見ているのです。今の光景ですか、光景の変化ですか、まだ其の変化を区別した者はいない様です。」と言いました。壺丘子は、「禦寇よ、お前が外出しているのは、もともと他人の外出と同じことではないか。それなのにもともと他人の外出とは違っていると言うのかね。大体、他人が見ている光景でも、また何時も其の変化を見ているのだよ。例の目に映る光景に古い物が無いと言うが、私だって古い物が無いのが分らないのだ。外に出歩く事を大事にして、自分の内部を見る事の大切さを知らないのだね。外出して楽しむ者は物が完全に備っていることを求めているし、自分の心の内部を見つめる者は、あるがままの状態で満足しているのだ。自分の身に満足する心を求めるのは、外出の最高の境地なのだ。完全さを何かに求めようとするのは、外出の意義がまだ不十分な段階だね。」と言いました。

此の言葉を聞いて、列子は一生涯外出をしませんでした。そして、自分は外出の意義を知らなかったのだと思いました。壺丘子は、「外出の意義が完全なのかな。意義有る外出とは、どこへ行くのか分らない外出なのだ。物事を見通す者は、見ている物が分らないのだよ。物と物とは皆、心の楽しさだし、物と物とは皆、見るべき価値が有るのだよ。此れが私の言う外出の楽しみだし、此れが私の言う観察なのだ。私はこういう外出と観察とは最高だと思う。こういう外出と観察とは最高だね。」と言いました。

龍叔（りゅうしゅく）が宋（そう）の国の名医の文摯（ぶんし）に、「あなたの医術は優（すぐ）れていると聞いています。私は今、病気に罹（かか）っているのですが、あなたは治して下さいませんか。」と言いました。文摯は、「仰有（おっしゃ）る通りに致しましょう。しかし、先にあなたの病気の症状を言って下さい。」と言いました。

龍叔は、「私は郷里の人達が誉めてくれますが、栄誉とは思いませんし、国の人達が非難しても恥だとは思っていません。物を手に入れても嬉しいと思わず、物を失っても憂鬱には成らず、生きていることは死んでいることの様に思い、富裕を見ても貧乏の様に思い、人間を見ても豚の様に思い、自分を見ると他人の様に思い、自分の家に居るのが旅館に泊っている様に思い、自分の郷里を見ると違い野蛮国だと思うのですよ。大体此の様な病気の症状は、爵位や褒賞をくれても治すことが出来ず、刑罰の威圧でも治すことが出来ず、盛衰や利害も病気を治すことが出来ず、哀しみや楽しさも症状を変えられず、本当に、国家の君主にお仕えしたり、親しい友達と交際したり、妻や子供を可愛がったり、召使い達を扱ったり出来ないのです。此れは何の病気なのでしょうか。どんな薬で治せるでしょうか。」と言いました。

文摯は、そこで龍叔に指図して、龍叔に明るい方を背にして立たせ、文摯はそれから明るい方に向って龍叔を見ました。そして、「あぁ、私はあなたの心臓を見ましたが、心臓の位置は空虚でした。あなたは殆んど聖人（最高の人格者）の境地でいらっしゃいます。あなたの心臓の六つの穴は通っていますが、一つの穴は塞っています。今、聖人の様な智力が有りながら病気だと考えられたのは、もしかすると一つの穴が塞っている為かも知れません。私の未熟な医術では治すことが出来ません。」と言いました。

頼りにするものが無いのに常に生きているものは道（大きな原則）です。生きる道に従って生きています。生きるべき理由が有って生きています。だから終りになっても滅(ほろ)びません。此れは常の理です。生存していて滅亡するのは不幸です。常に、理由が有って死ぬというのは、此れもまた道です。死の道によって死ぬ場合、まだ人生が終っていなくても自然に滅びるのは、また常(つね)です。死ぬべき状況にありながら生きているのは倖(しあわ)せです。それで理由が無くて生きているのは道と謂(い)います。道によって人生を終ることが出来るのは、常と謂います。理由が有って死する場合は、また此れを道と謂い、道によって死する場合は、また此れを常と謂います。

楊朱(ようしゅ)の友人の季梁(きりょう)が亡(なくな)った時、楊朱は季梁の家の門の前で歌をうたい、随梧(ずいご)が亡った時は、楊朱はその遺体を撫でて声をあげて泣きました。世間の人々は、生れたり亡ったりする時に、歌ったり声をあげて泣いたりしていますが、楊朱と違って世間の人々は常識的な理由によるものでしょう。

目が今や見えなくなろうとする場合には獣の秋の細い毛が見えますし、耳が今や聞こえなくなろうとする場合には蚋（小さい羽虫）の飛ぶ音が聞えますし、口が今や味が分らなくなろうとする場合には淄水と澠水との川の水の味が区別できますし、鼻が今や塞がってしまおうとする場合には物の焦げるにおいと物の腐ったにおいとを嗅ぎ分けられますし、身体が倒れて死にそうな場合には全速力で馳け廻りますし、心が今や迷ってしまう場合には物の是非（正しいか正しくないか）を先ず見分けます。こういう事で、物事が極端までに至らない場合には反対の方向には成りません。

鄭国の圃沢の地には賢人（すぐれた人格の人）が多く住んでおり、東里の地には才人（才能のすぐれた人）が多く住んでおりました。圃沢の地に列子の門人の伯豊子という人がいましたが、或る時、旅に出て東里の地を通りかかりましたところ、鄭国の大夫で法治主義者の鄧析に出合いました。鄧析は連れの者達を振り返って笑いながら、「君たちの為に、向うから来る男をからかってやろうと思うが、どうだね。」と言いました。連れの者達は「どうなるか、知りたいものです。」と言いました。鄧析は伯豊子に向って、「お前さんは、養うことと養われることとの意味を知っているかね。人から養われて、自分が自分を養うことが出来ない者は犬や豚(ぶた)の仲間だよ。物を養って、その物が自分に役立つというのは、人間の力なのだ。お前さん達が、食べては腹一杯となり、衣服を着て休息できるというのは政治家のお蔭ではないかね。老いも若きも集って家畜小屋の中で生活する様に食べたり寝たりしているのは、犬や豚の仲間と同じだよね。」と言いました。

　伯豊子は返事をしませんでした。伯豊子に従っていた者の一人が前に出て来て、「鄧析大夫さん、斉(せい)国や魯(ろ)国に才智のすぐれた人が多いことを聞いていませんか。彼等の中には、土木工事の腕がすぐれている者や、兵器の製造にすぐれている者や、音楽にすぐれている者や、書写や計算にすぐれている者や、戦術にすぐれている者や、先祖を祭る儀式に詳しい者もいるのです。あらゆる分野にすぐれた才能を持つ者がいるのですよ。その上、彼等の中では誰も同じ地位に成ることが無く、誰も能力を使いこなせません。彼等の上に立つ人は無知ですし、彼等を使う人に技能は有りません。知識や技能の有る者は、すべて彼等に使われているのです。あなた達、政治家は、実際には私達に使われているのですよ。あなたが私達に何も自慢する事は有りませんよ。」と言いました。

鄧析は返す言葉も無く、仲間たちにそっと目くばせして其の場を立ち去りました。

公儀伯（こうぎはく）は力が強いということで、諸国の殿様たちの間で評判でした。堂谿公（どうけいこう）が此の事を周の宣王（せんおう）に話しましたので、宣王は手厚い招待の準備をして公儀伯を招きました。公儀伯は周の宣王の所へやって来ましたが、外見（がいけん）を見ると薄（うす）ぼんやりした男の様です。宣王は途惑（とまど）いながら、本当に力が強いのかどうか、「お前さんは力が強いのかね。」と疑って言いますと、公儀伯は、「私の力は、春の螽（いなご）の脚を折り、秋の蝉（せみ）の翅（はね）をもぎ取ることが出来ます。」と言いました。此れを聞いて宣王は顔色を変えて、「私の力は犀（さい）や兕（じ）（水牛に似た牛）の革（かわ）（なめし皮）を引き裂き、九匹の牛の尾を掴んで引き寄せられる程だが、それでもまだ弱いと残念に思っているのだ。お前さんは、春の螽（いなご）の脚を折り、秋の蝉の翅（はね）をもぎ取るというのに、力が強いと世の中で評判なのは、どうしてだ。」と怒って言いました。

公儀伯は溜め息をついて座席から退いて、「王様は良い質問をされました。私は思い切って本当の事を申し上げましょう。私の先生に商丘子という人がいますが、その人の力は此の世の中で相手に出来る程強い者がいないのですが、それなのに身近な親族も知らないのです。まだ此れ迄に其の力を使ったことが無いからです。私は商丘子が亡くなられる迄、お仕えしていました。それで商丘子先生は私に話されたのですが、『人が、その見たことがない所を見ようとするなら、他人がまだ知らない事を見るのだ。人がまだ身につけていない事を身につけようと思うなら、他人がしていない事を身につければよい。だから視力の向上を身につけようとするなら、先ず車に積んだ薪を見ることから始めるし、聴力の向上を身につけようとするなら先ず鐘を撞く音を聞くことから始めることだ。心の内部に容易に出来ることが有るなら、外部の事で難しい事は無い。外部の事で難しい事が無いから、自分の家族以外に名を知られることは無いのだ。』と言われました。今、私の名が諸国の殿様たちに知られていますが、此れは私が師の商丘子の教えに反して、私の能力を外に表した結果です。それなのに私の名は、其の力を頼みとする者ではありません。その力を十分に用いたことによるものです。やはりその力を頼りにしている者にまさっているのでしょうか。」と言いました。

魏の国の中山の公子牟は、魏の国で人格の立派な公子として知られた人でした。賢人（人格のすぐれた人）たちと交際するのが好きで、国の政治には無関心で、趙の国の公孫龍が気に入っていました。楽正子輿の仲間たちは其の事を馬鹿にしていたので公子牟は、「あなたは如何して私が公孫龍が気に入っていることを馬鹿にするのかな。」と言いました。子輿は、「公孫龍の人がらは、その行動を教える先生は無いし、その学問を研鑽し合う友人も無く、弁舌に巧みだけれども道理に叶っていないし、理論は散漫で独自の学説を立てることも無く、風変りな事が好きで出鱈目を言っています。人々の心を迷わせ人々の反論を屈服させようと門人の韓檀たちと一緒に其の研究をしています。」と言いました。公子牟は子輿の言葉を聞いて顔色を変えて、「如何してあなたは公孫龍に就いて酷すぎる批評をするのですか。どうか其の本当の訣を聞かせて下さいよ。」と言いました。

子輿は、「私は公孫龍が孔穿を瞞しているのが、おかしいのですよ。公孫龍が孔穿に言うには、弓を射るのが上手な者は、後から射た矢の先が、前に射た矢の後に当り、次々と矢を射れば、次々と矢がつながり、前に射た矢が的に当っていて、切れて落ちることが無く、後の矢は、まだ弓の弦に引き絞られていて、まるで一の字の様に見えるのだ、と言っていました。孔穿が驚きましたが、公孫龍は、それはまだ其れほど上手な弓術の話ではないよ、と言って、逢蒙の門人に鴻超という男がいたが、夫婦喧嘩して、妻を嚇そうとして、黄帝が使っていたという伝説の有る烏号の弓という名の弓に、綦衛の地で造られた矢をつがえて妻の目を射たところ、矢が飛んで来て瞳に当っても瞼は少しも動かず、矢は地面に落ちても塵さえ上らなかったと言います。此の話が、どうして知識の有る人の言葉だと言えましょうか。」と子輿が言いました。

孔子牟は、「知識の有る人の言葉は、もともと愚かな者が理解できる事ではないだろう。だが、後の矢の先が前の矢の後に当るというのは、後の矢と前の矢との力が等しいからだろうし、矢が瞳に当っても瞼が動かないと言うのは矢の勢が尽きてしまったからでしょう。」と言いました。

子輿は、「あなたは公孫龍の仲間ですからどうしても公孫龍の欠点を飾らない訣には行かないのでしょう。私は又、公孫龍の酷い欠点をお話しましょう。」と言って、次の話をしました。

公孫龍は魏の王様を瞞して言うには、「人が志している事は本当の心ではない。目指すものは有っても達成することは無い。物が有れば分割しても尽きることは無い。影そのものが動くことは無い。（影を作る本体が動くと影も動く）。細い髪の毛も千鈞の重さの物を曳くことが出来る（髪を撚り合せて綱にする）。白馬は馬ではない（馬の総称ではない）。孤犢（親の無い子牛）はまだ此れ迄に母は無い（親が無いから孤犢と呼ばれる）。」と言っています。公孫龍が世の人々の常識に背いている事は、数え立ててもきりが有りません。」と子輿は言いました。

公子牟は、「あなたは至言（真理の言葉）が理解できなくて、ひどい出鱈目だとしていますね。出鱈目はあなたの方ですよ。人に志が無ければ人の心は皆同じになります。目指すものが無ければ、それぞれが目的に到着する事になります。物を尽そうとしている間は、物はいつも存在するのです。影が有っても移らないとは、影だけで動くことは無いからです。一本の髪の毛が千鈞の重量の物を引くことが出来るというのは、それ等が受ける力が均衡を保っているからです。白馬は馬ではないというのは、形（馬）と名（白い馬）とが離れているからです。孤犢（親の無い子牛）にまだ此れ迄に母親が無いとは、孤犢でなければ母親が有るからです。」と言いました。楽正子輿は、「あなたは公孫龍の言葉が、すべて筋道が立っていると思っていますね。仮令(たとい)、汚い所から出て来た論であっても、あなたは其れを受け取る積りなのでしょう。」と言いました。公子牟は暫く黙って考えていましたが、退出する事を告げて、「どうか他(ほか)の日にいずれ又、あなたに御願いして議論しましょう。」と言いました。

堯(ぎょう)は国を治めて五十年になりましたが、国内が良く治まっているか治まっていないのかが分らず、国民たちが堯を国王として認めているのか如何(どう)かも分らず、身近かにいる重臣たちに尋ねても、身近かな重臣たちも分らず、政府の役人たちに尋ねても役人たちも分りません。民間人に尋ねても民間人たちも分かりません。

堯は、そこで粗末な身なりに変装して繁華街に出かけました。街で子供たちが歌っている歌を聞くと、「私たち人民が生きているのは、君主の政治の御蔭でないものは無い。知らない中に、君主の統治に従っている。」と歌っていました。堯は喜んで子供たちに「誰がこういう言葉を教えてくれたのか。」と尋ねますと、「村長さんに聞いた。」と言うので、村長に尋ねると「昔の詩です。」と言いました。堯は宮殿に帰ってから舜を呼び出して国家の統治者（国王）の座を譲りましたが、舜は辞退せずに君主の座を受けました。

関尹喜が言うには、「自分の見解にこだわること無く、物によって其の形を変えて、人目に触れる様になる。其れが動く時は水の様に柔軟に、其れが静かな時は鏡の様に澄み切っていて、物に対応する時は響きの様です。だから道は事物が道に違反することが有りますが、道は事物の自然の法則に違反することは出来ません。よく道に順応する人は、また耳を用いませんし、また目を用いませんし、また力を用いませんし、また心を用いません。目・耳・形・心を以て道を求めようとするのは妥当ではありません。此の道は、それが面前に有るかと思えば、ふと其れは背後に在ります。道を用いれば六虚（東西南北と上下）に充満し、道を捨て去れば、どこに有るのか分らなくなります。また道は、道を求めるのに心有る人が遠ざけることが出来ないものですし、また道を求めるのに心が無い人の近づくことが出来ないものです。ただ黙々として身につけ本性を研究する人が道を得ることが出来るのです。」と言っています。

知能が有っても感情を忘れ、才能が有るのに何も為(し)ないのは、本当の知能、本当の才能です。物が再び発動するのを知ることが無ければ、それは又、どんな情感を生むでしょうか。それは土の塊ですか。塵(ちり)が積ったものですか。そうではありますが、すべて作為的なものではないのです。そうして其れ等の存在は決して不合理な事ではありません。

註1　「西方の人」は、仏陀とか老子とかの説が有る。

註2　「黄帝第二」に、「列子、老商氏を師とし、伯高氏を友とし、云々。」と有る。

湯問　第五

〔註〕殷の湯王の質問。

殷の湯王が重臣の夏革に「大昔に物が有っただろうか。」と尋ねました。夏革は、「大昔に物が無かったら、今、如何して物が有ることが出来ましょうか。ずっと後の世の人が今の世に物が無かったとしたなら、それでいいでしょうか。」と答えました。殷の湯王は、「それならば物には先に出来た物と後から出来た物との区別は無いのだろうか。」と言いました。夏革は、「物の始めと終りとは最初から極まり尽きることが有りません。始まりが場合によって終りとなり、終りが場合によって始まりとなるのです。どうして其の周期が分るのでしょうか。しかし、物の存在の過去のこと、事の存在の未来のことに就いては、私は存じません。」と言いました。殷の湯王は、「それならば、上と下と八方（東西南北、北東・南東・南西・北西）には限界が有るのだろうか。」と言いました。夏革は「知りません。」と答えましたが湯王は更に強く夏革に尋ねました。夏革は「限界が無ければ無極ですし、限界が有れば有尽です。私が如何してそういう事が分るでしょうか。しかし無極の外に無極は無く、無尽の中に無尽も有りません。私はそういう事で無極無尽を知っていて、有極と有尽の事は知りません。」と言いました。

湯王は又尋ねて、「四海（中国全土）の外には何が有るか。」と言いました。夏革は、「やはり斉州（中国本土）と同じです。」と答えました。湯王は「お前は何でそれが事実だとするのか。」と言いました。夏革は、「私は東へ旅行して営州まで行きましたが、人民たちはやはり此処の土地と同じでした。営州の東の土地のことを尋ねましたが、やはり営州と同じだと言いました。西に旅行して豳の地まで行きましたが、人民たちはやはり営州と同じでした。豳の西の土地に就いて尋ねましたが、やはり豳と同じだと言いました。私はそういう経験から、四海（中国全土）・四荒（四方の荒れ地）・四極（四方の最遠の地）が此処と違っていないことを知りました。ですから、大きい物は小さい物を含み、窮まる所が有りません。万物（あらゆる物）を含んでいるものは、天地を含んでいる様なものです。万物を含んでいますから窮まることが有りません。天地を含んでいますから限界が有りません。私は何処に天地の他に天地よりも大きいものが無いかどうかを知ることが出来ませんし、また私の知らないことです。そういう事で、天地も形の有る物です。物には足りない所が有りますから、その為に女媧氏（昔の天子）は五色の石を練って天地の闕けた所を補い、鼇（大きな亀）の脚を切って、四隅の柱として立てました。其の後、共工氏が顓頊と帝王の座を争い、腹を立てた共工氏が不周の山に触れて、天を支えている柱を折り、土地を繋いでいる綱を切ってしまいました。それで天は西北に傾き、そこに太陽や月や星が集まりました。地面は東南に凹んだので、多くの川や雨水が其処に集まったのです。」と言いました。

湯王は又尋ねました。「物には巨大なものと微細なものとが有るかな、長いものと短かいものとが有るかな、同じものと異なるものとが有るかな。」と問いかけましたので、夏革は、「渤海の東、幾億万里か分りませんが、大きな谷が有ります。実に此れは底無しの谷で、その深さは底無しで、帰墟と名づけられています。八紘九野（天空全体）の水や銀河の流れ等、此の帰墟に注ぎ込まないものは有りません。それなのに水が増したり減ったりすることが有りません。帰墟の谷の中に五つの山が有って、一番目は岱輿、二番目は員嶠、三番目は方壺、四番目は瀛洲、五番目は蓬莱と言います。此れ等の山の高い所や低い所の周囲は三万里も有ります。その山頂の平らな処は九千里です。山と山との中間は七万里ほど離れていても隣り合せだとされています。山の上にある楼台（高い建物）は金銀や宝石で造られており、山の上に棲む鳥や獣たちは皆、純白の羽や毛です。珠玉の樹が沢山生えていて、果実は皆良い味で、その果実を食べた者は皆、年老いることも無く、死ぬことも有りません。そこに住んでいる人たちは皆、仙人の種類の人々で、昼も夜も山から山へ飛んで行き互いに行き来している者が、多数います。そして五つの山の根本は繋がっていることが無く、いつも波に従って上下に揺れて往ったり来りして、少しの間も停っていません。仙人たちは此の事を憂慮して、此の事を天帝に訴えました。天帝は西の涯まで流れて行って多くの仙人たちが住居を失ってしまう事を心配して、北海の神の禺彊に命じて巨鼇（巨大な亀）十五匹に首で五山を支えさせました。巨鼇はそれぞれ三匹を一組として六万年毎に交替させせました。五山は始めてそれぞれの場所に止って動かなく成りました。

　そして龍伯の国に巨人がいて、足を挙げて数歩で五山の所に来てしまいます。或る時は釣りをしていて六匹の大きな鼇（五山を支えている亀）を釣り上げて、それをまとめて背負って、急いで龍伯の国に帰り、その亀の甲羅を焼いて占いをしたということです。その時に、岱輿と員嶠の二つの山は、北の涯まで流れて行って、大きな海の中に沈んでしまったのです。その為に仙人たちの移住させられる者は何億人という数でした。天帝は大そう怒って、龍伯の国の土地を減して狭くし、龍伯の人民の身体を小さくして低い背丈にしました。それでも伏羲や神農の時代になっても龍伯の人民はまだ数十丈の背丈でした。中州から東へ四十万里の所に僬僥国が有りますが、人民の身長は一尺五寸です。東北の涯に人が住んでいますが、諍と名づけられています。此の人の身長は九寸です。

荊国（楚国）の南に、冥霊と呼ばれる木が有りますが、五百年を春とし、五百年を秋としています。大昔には大椿という木がありましたが、八千年を春とし八千年を秋としていました。腐った土の上に菌芝（きのこの一種）が生えますが、朝生えて夕方には枯れてしまいます。春から夏にかけての月には蠓蚋（小さな羽虫）という虫は、雨の中で生れますが、太陽の光を見ると死んでしまいます。終髪国の北の更に北に溟海と呼ばれる海が有りますが、天が作った池なのです。魚が住んでいますが、其の魚の幅は数千里ほどで、魚の長さは其の幅に釣り合っています。[註1]其の魚の名は鯤と言います。鳥がいますが、其の名を鵬と言います。鵬の翼は天一杯に広がっている雲の様で、その身体は翼の大きさに釣り合っています。世間の人々は如何して此の様な物がいる事を知っているでしょうか。夏国の禹王は出かけて行って此の情況を見ましたし、伯益という人は情況を知って其れ等に名を附け、夷堅という人は話を聞いて其れを記録しています。

長江の水辺に非常に小さい羽虫が生れるのですが、其の名を焦螟と言います。焦螟は大勢の仲間と一緒に飛んで来て蚊の睫毛に止るのですが、焦螟どうしの身が触ることは有りません。蚊の睫毛に住みついて、行き来していますが、蚊は一向に気がつかないそうです。視力のすぐれた離朱や子羽という人が、昼間に、目をこすって、眉をしかめて、焦螟を見ようとしましたが、焦螟の形を見ることが出来ませんでした。䚢兪や師曠という耳の良い人が、夜になって耳をそば立てて、うつむいて、焦螟の羽音を聴こうとしましたが、焦螟の羽音を聴けませんでした。ただ黄帝と容成子とは空峒の山のそばに住んでいて、精進潔斎を三ヶ月して、心が死んで無我となり、形体を忘れ、ゆっくりと精神を集中して焦螟を見ると、塊の様に見えて嵩山の丘のように見えましたし、ゆっくりと気力を集中して焦螟の羽音を聴くと、その大きな音は雷の音の様でした。

呉国や楚国に大木が有って、其の名を柚と言います。緑の葉が繁った木で、冬に実をつけますが、赤い実で酸っぱい味です。其の木の皮から取った汁を飲むと鬱病が治ると言います。それで斉州（中国本土）では柚の木を大事にしています。此の木は淮河を渡って北の方に行くと、変化して枳と成ります。鸜鵒という鳥は斉河を越えては棲んでいません。貉（むじな）は汶河を越えると死んでしまいます。大地の活力がそうさせるのです。此の様に形や気質は異なっていても、本性は均しいのです。取り換えることは出来ません。生命は皆、全うされるものであり、与えられたものに満足するだけの事です。私は如何して物の巨大さや微細さを知り、如何して物の長い短いを知り、如何して同じか異なるかを識っていると言えましょうか。」と夏革は言いました。

　太形（大行に同じ）と王屋の二つの山は、七百里平方の面積で高さは一万仭（一仭は七尺）で、以前は冀州の南で河陽の北に位置していました。北山の愚公という人は、年齢が九十に成ろうとしていました。山に向い合って暮していましたが、山の北側の険しい道で、出入りに遠廻りしなければならない事に悩んでいました。そこで家族を集めて相談して「私とお前達とで力の限り険しい道を平らにして、道を豫州の南に通じ、漢水の南岸まで達するようにしたら如何だろう。」と言いました。一同は、それが良いと賛成しました。愚公の妻は提案に疑いを抱いて、「あなたの力では小さな丘を崩すことさえ出来ないでしょう。太形山や王屋山を如何やって崩せるのですか。その上、崩した大量の土や石を何処に置くのでしょうか。」と言いました。一同は、「崩した土や石は渤海の辺りの、隠土州の北の方に捨てましょう。」と言いました。こうして子や孫を引率して出かけて、重い土石を運ぶ担い手三人と共に、石を砕き土地を切り開いて、もっこに入れて土石や残土を渤海の辺りに運びました。

愚公の家の隣に住む京城氏のやもめに、男の子が一人有りましたが、八歳の子供なのに勇んで出掛けて愚公の仕事を助けていました。寒さ暑さの季節が変って、やっと一回、家に戻って来るという仕事ぶりでした。

黄河のほとりに住む智叟と呼ばれる老人は愚公の仕事を馬鹿にして笑って、「酷いものだね、君の頭の悪さは。残り少ない人生で僅かな力では、山の一本の草さえ抜くことが出来ないだろうに。土や石を如何する積りかね。」と言いました。北山の愚公は大きな溜め息をついて、「君の心は頑固だね。頑固では駄目だ。つまり、あのやもめの男の子の智慧にも及ばないね。私が死んだとしても、子供がいて仕事を続け、子には孫が生れるだろうし、孫には又子供が生れるし、子供には又子供が生れるし、子には又孫が出来るし、子々孫々、尽きる事が無いのだよ。それだから山は其の形を増すことは無いのだから、どうしても平らに成ると思うよ。」と言いました。黄河のほとりに住む智叟は何も返事が出来ませんでした。

操蛇の神（山の神）は二人の会話を聞いて愚公が仕事を止めない事を心配して、此の事を天帝に報告しました。天帝は愚公の真心に感心して、夸娥氏の二人の子供に命じて、二つの山を背負わせて、一つを朔方の東部に置き、一つを雍州の南部に置かせました。此れ以後、北の冀州から漢江の南側にすぐ出られる様になりました。

夸父という人は、自分の力がどれ程なのかを考えずに、太陽の光を追いかけようとして、太陽が沈む隅谷の辺りまで追いかけました。喉が渇いたので飲み物が欲しいと思って、出かけて行って黄河や渭水の水を飲みました。所が黄河や渭水の水だけでは足りなくて、走って北の大沢の水を飲もうとしましたが、まだ大沢に行き着かない中に、途中で喉が渇いて死んでしまいました。持っていた杖が手から離れて地面に投げ出されました。その時、杖は夸父の遺体から出た膏や肉に浸されて鄧林と呼ばれる林に成りました。鄧林の広さは数千里も有る大きな林です。

大禹が言われるには、「六合（天地四方）の内部、四海（海に囲まれた世界）の中は、それを太陽や月が照しており、方位や時間は星の運行が決めており、春夏秋冬が季節の変化の時期を定めていて、年の移り変りは太歳（木星）が支配しているのだよ。神の不思議な霊気がそれぞれ異なった万事万物を生み出し、此れ等の万事万物は、或は短命に、或は長寿に、ただ聖人だけが其の中の道理を良く悟っているのだね。」と言いました。

湯王の重臣の夏革は、「それなのに、神の不思議な霊気の力が無くても万事万物が生れ、陰陽の力を得なくても形が生れ、太陽や月の力を借りなくても明るくなり、人を殺さなくても早死し、養い育てなくても長生きし、稲や麦や麻などの穀物が無くても腹一杯に食べられるし、布や綿が無くても衣服を着られ、舟や車が無くても遠くへ行くことが出来るのは、自然の道理であって、聖人の力によるものではありませんね。」と言いました。

禹(う)がその国家を経営していた時のこと、禹は道に迷ってしまい、間違って或る国に入ってしまいました。その国は北海の北に位置していて、斉州(せいしゅう)（中国）から幾千万里離れているのか分りませんでした。其の国は終北国(しゅうほくこく)という名で、その広い国の国境はどこにあるのか分らない程でした。此の国には、風や雨や霜(しも)や露(つゆ)が無く、鳥や獣や虫や魚や草や木などの生きている物は有りませんでした。四方はすべて平らな土地で、周囲は高い山が取り囲み、国の中央には山が有って壺領(これい)と呼ばれていました。山の形は、胴がふくらんだ徳利(とっくり)の様でした。山頂に口が有って、その形は円(まる)い環(わ)の様で、滋穴(じけつ)と呼ばれています。水が湧き出ておりますが、神瀵(しんふん)と呼ばれています。その水の香(かお)りは蘭や山椒よりも良い香りで、その味は濁(にご)り酒よりも良い味でした。一つの水源が分れて四つの流れとなり、山の下に流れて行き、国中の隅々(すみずみ)まで行き渡っておりました。其の土地の気風は和(なご)やかで、疫病なども無く、土地の人の性格は素直(すなお)で、何にも逆(さから)わず、競争したり争うこともなく、穏(おだ)やかな心と品格で、高慢な態度も無く、人嫌いすることも無く、年長者も幼児も一緒に暮しており、君主や臣下の区別も無く、男と女とが一緒に出歩いているし、仲人(なこうど)を立てて結婚したりせず、川辺に住んで、耕作もせず、土地の気候も温暖で、着物を織(お)って着たりせず、百年生きて亡(なくな)り、若死(わかじに)したりせず、病気に罹(かか)ることも有りません。其の国の人口は殖(ふ)えて数限りなく、人民に喜びや楽しみは有りますが、体が衰えたり年老いたり哀(かな)しんだり苦しんだりすることは有りません。其の国の風俗としては歌うことを好み、仲間と一緒になって互いに歌い、一日中、歌うのを止(や)めません。空腹になって疲れてくると神瀵(しんふん)の湧き水を飲むと、体力も気力も回復して和(なごや)かな気分に成ります。神瀵の水を飲み過ぎると酔った状態と成り、十日ほど経(た)つと酔いが醒(さ)めます。神瀵の水に沐浴(もくよく)すると、肌の色が、しっとりと艶(つや)やかに成り、良い香(かお)りが十日ほどは消えません。周(しゅう)の穆王(ぼくおう)は北方に旅行して、その国に立ち寄り、三年間、帰国するのを忘れ、漸(ようや)く周に帰ってから、その国を慕って、ぼんやりと気抜けした様子となり、酒や肉料理も口にせず、側(そば)仕えの女性も御召しにならず、数ヶ月経(た)ってやっと元(もと)の状態に戻ったという事です。

　管仲(かんちゅう)が斉(せい)の桓公(かんこう)に勧(すす)めて遼口(りょうこう)の地に出かけて終北の国に一緒に行こうと出発の期日まで決めていました。すると、重臣の隰朋(しゅうほう)が桓公を諫(いさ)めて、「殿様、我が斉(せい)の国は国土も広く人民も多く、山や川の美しい土地で、植物も多く、礼義も盛んで、綾(あや)の有る服も美しく、美しい女性は宮廷に一杯おりますし、忠義にすぐれた軍人たちは政庁に満ちております。号令を下せば百万人の兵士たちが出動し、指揮すれば諸侯（諸大名）も命令に従います。それなのに、また如何して終北の国を羨ましく思って、斉国の国家を捨てて戎夷の国（未開の野蛮国）に行こうとなさるのですか。そんな計画は、仲父（管仲さん）が老いぼれたからですよ。どうして其の様な計画に従うのですか。」と言いましたので、桓公は計画を止めて、管仲に隰朋の言った事を話しました。

管仲は、「此の計画は、もともと隰朋などの考えつく事ではありません。私は、もう終北の国に行けないと残念に思います。斉国の富などに如何して心が魅かれる事が有りましょうか。隰朋の言葉を如何して考えることが有りましょうか。」と言いました。

南方の国の人は、祝髪（断髪）にしていて裸で暮しています。北方の国の人は、髪を束ねて頭巾で包み、毛皮の服を着ています。中央の国の人は、頭に冠をつけ、裳（袴）を穿いています。九土（中国の九州）は資源豊富で、農業に従事する人、商業に従事する人、狩猟に従事する人、漁業に従事する人が有ります。冬には毛皮の服を着て、夏には麻などの服を着ています。水上では舟に乗り、陸上では車に乗りますが、学ばなくてもやり方を会得し、人間の本性に従って実行しています。

越国の東に輒沐という国が有ります。其の国では、長男が生れると、殺して生の肉を食べて、弟の為に宜しいと言っています。其の国では、祖父が死にますと、祖母を背負って、棄ててしまい、鬼妻（死者の妻）とは一緒に同じ所には住めないと言います。

楚の国の南に炎人の国が有ります。其の国では、父母が死ぬと、その肉を切り裂いて捨てて、それから骨を埋めて、親孝行な子供だとされます。

秦の国の西に儀渠の国という国が有ります。其の父母が死ぬと、柴（薪にする雑木）を集めて積み上げて遺体を焼き、燻った煙が立ち上ると、それを登遐（天に昇る）と言って、それから親孝行な子供だとします。此れは、上にある者は此れが政治であるとし、下にある者たちは此れを風俗であるとしている事であって、怪しむほどの事ではありません。

孔子が東の方へ出かけた時、二人の子供が口論しているのを見て、口論の原因を尋ねました。子供の一人が言うには、「私が思うには太陽が初めに上って来る時は、人からの距離は近いけれど、日中は遠いのだよ。」と。もう一人の子供が言うには、「太陽が初めに上って来る時は、遠くにあって、日中には近くにありますよ。」と。一人がまた言うには、「太陽が初めに上って来る時は、その大きさは馬車の屋根ぐらいだし、日中になると、手洗いの水の容れ物の大きさになります。此れは遠くの物は小さく見え、近くの物は大きく見えるからではありませんか。」と。また一人が言うには、「太陽が初め上って来る時は、ひんやりと冷たいですが、日中になると、湯の中に手を入れた時の様に熱くなります。此れは、近い物は熱く、遠い物は冷たいからではありませんか。」と。孔子はどの考えが正しいのか、決断できなかったので、二人の子供は笑いながら、「誰があんたを物知りだとしているのかな。」と言いました。

均しいという事は、世の中の最高の道理です。すべての形の有る物に就いても同様です。髪の力が均しければ、髪にかかる重さも均しいと思われますし、かかる力に軽い重いが有れば髪が切れてしまったら、髪の力が均しくなかったからです。もし力が均しかったなら、切れそうになっても、切れることは有りません。世の中には、そういう事は無いとする人が有るでしょうが、道理が分る人には、自然と其の事を知る人が有りましょう。

楚の国の詹何は、独繭糸（一つの繭から出た糸）を釣り糸とし、芒鍼（毛針）を釣り鉤にし、茨の細い枝を釣り竿にし、米粒を割って餌として、車一杯に成るほどの大きな魚を、百仞（一仞は七尺）も有る深い淵の激流の中から釣り上げますが、釣り糸は切れず、釣り鉤も伸びず、竿も撓みません。

楚の国王は詹何の釣りの話を聞いて、珍しい事だと考えて、詹何を呼んで釣りをした時の理由を尋ねました。詹何は、「私は亡った父の言った事を聞いていますが、弓の名人の蒲且子の弋（矢に糸をつけて獲物を捕える）は、弱い弓に矢の細い糸で、風を利用して弋を射て、一度に二羽のまなづるを大空の高い所で捕えました。心を専ら一つのことに用いて、手を同じ様に動かしているからだ、と言う事でした。私は其の話に拠って、蒲且子がやった様にして、釣りの方法を研究すること五年にして、始めて釣りの道理を身につけました。私が河を目の前にして、釣り竿を持った時には、心は雑念を抱かず、ただ魚のことだけを考えます。釣り糸を投げかけて釣り鉤を沈める時には、手に力を入れたり抜いたりすることなく、他の物が私の心を乱すことも有りません。魚は私の釣りの餌を見ると、沈んだごみかあぶくの様に思って、餌を呑み込んでも、釣り上げられるとは思いません。ですから私は弱いもので強いものを押さえつけ、小さくて軽いもので大きくて重いものを釣り上げるのです。王様も、国を治めるのに、本当に此の様になさったならば、天下（世の中）を手の中に掌握できると思いますし、それ以外に難しいことは無いと思いますよ。」と答えましたので、楚王は、「良く分った。」と言いました。

魯の公扈と趙の斉嬰の二人は病気に罹っていました。二人とも名医の扁鵲に御願いして治療を受けることにしました。扁鵲が治療して二人とも病気は治りました。扁鵲が公扈と斉嬰とに言うには、「君たちが先頃病気に罹った所は外から内臓を犯すものであって、もともと薬で治るものだよ。今、君たちが生れた時からの病気が身体の成長と共に悪く成っているのだが、今、君たちの為に其の病気を治そうと思うのだが、如何だろうか。」と言われました。公扈と斉嬰の二人は、「どうか先ず其の症状を教えて下さい。」と言いました。扁鵲が公扈に言うには、「君は意志が強いのに気が弱い。だから計画は十分に立てるが、中々断行できないのだ。斉嬰は意志が弱いのに気が強い。だから思慮が足りなくて、独断して失敗するのだ。もし君たちの心を入れ換えたならば、うまく行くのではないか。」と。そして扁鵲は二人に毒酒を飲ませました。三日間、昏睡状態にして置いて、二人の胸を切り開いて心臓を探り出して入れ換えて胸をもと通りにし、不思議な効き目の有る薬を飲ませました。二人は麻酔から醒めて扁鵲のもとを去って家に帰りました。そこで、公扈は斉嬰の家庭に戻り、その妻や子供が自分の家族だと思いましたが、妻や子供は公扈を知りません。斉嬰も公扈の家庭に帰り、その妻や子供が自分の家族だと思いましたが、妻や子供は斉嬰を知りません。両方の家庭は共に訴え出て、扁鵲に説明を求めました。扁鵲が其の混乱の理由を説明しましたので、訴訟を取り下げられました。

瓠巴が琴をかき鳴らすと、琴の音に合せて鳥が空で舞い踊り、魚は水から跳ね上って踊りました。鄭国の師文は此の話を聞いて、家庭を捨てて、琴の名手の師襄に従って琴を学ぶことに致しました。弦を指で抑えて音を調節することを三年間も練習しましたが、うまく曲が弾けません。師襄は師文に、「あなた、調弦もうまく出来ないのだから、家にお帰りなさい。」と言いました。師文は其の琴を置いて、溜め息を吐いて言うには、「私は調弦が出来ないのではないのです。曲が弾けないのでもありません。私の注意は琴の弦にあるのではなく、心は琴の音にあるのでもありません。自己の内部では自己の心を掌握できず、自己の外部に対しては自分の心と琴とが相い応ずることが無く、それで無理に手を動かして弦をかき鳴らしたりはしないのです。暫く私に時間を下さって、その後の私を御覧下さい。」と言いました。数日後、師文は師襄に会いました。師襄が、「あなたの琴の腕前は如何ですか。」と言いますと、師文は、「こういうことが出来るようになりました。どうか試しに琴を弾かせて下さい。」と言いました。そこで、春の季節に当って商の弦を弾いて南呂（八月の音楽）を弾き出すと、涼しい風がすぐに吹いて来て、草や木が実をつけました。秋の季節になって、角の弦を弾いて、夾鐘（二月の音楽）を弾き出すと、温い風が吹いて来て草や木が花を咲かせ始めました。夏の季節になって羽の弦を弾いて黄鐘（十一月の音楽）を弾き出すと、霜や雪が交〻降りて来て、川や池が急に氷りました。冬の季節になって徴の弦を弾いて、蕤賓（五月の音楽）を弾きますと、太陽の光が熾んに照して、堅い氷もすぐさま融けてしまいました。曲が終ろうとして四本の弦を弾きますと、穏かな風が吹き始め、慶(よろこ)びを示す雲が空に浮び、甘い露が降(お)りて、甘い水の泉が湧き出ました。師襄は、そこで胸を叩き、足踏みして、「奥深いなぁ、あなたの演奏は。師曠(しこう)が演奏した清角(せいかく)の曲や、鄒衍(すうえん)の吹律(すいりつ)であっても、あなたの曲以上のことは無いでしょう。あの二人も、琴を携(たずさ)え笛を持って、あなたの後(あと)に従うことでしょう。」と言いました。

歌手の薛譚(せったん)は歌を秦青(しんせい)に学びましたが、まだ秦青の歌唱法を完全に修得していないのに、自分で、もう学び尽したと思い込み、秦青のもとを去って家に帰ることにしました。秦青は薛譚が家に帰るのを止(と)めもせず、郊外の大きな道まで見送って、拍子(ひょうし)をとる節(せつ)という楽器を打ちながら、別れを惜しんで悲しい歌をうたいました。その歌声は林の木をふるわせ、その声は空を行く雲を止める程でした。節譚は、そこで秦青に謝(あやま)って、再び秦青のもとに帰れるように御願いし、一生涯、家に帰るとは言いませんでした。

此の秦青が或る時、友人に此の様な話をしました。

昔、韓娥(かんが)という女性歌手が、東の方の斉(せい)の国に行こうとしましたが、食糧が乏(とぼ)しかったので雍門(ようもん)（斉の国の城門）を通る辺りで歌をうたって食糧を手に入れようとしました。韓娥が立ち去ってからも、その歌声の余韻が家の梁や棟に残っていて、三日間も音が消えなかったと言います。だから其の辺りの人は、韓娥がまだ居るのだと思う程でした。

韓娥が宿屋に立ち寄った時、宿屋の人は韓娥を馬鹿にしました。韓娥はそこで声を挙げて悲しく泣きました。その村里の老人も幼い子も皆悲しんで涙を流し、互いに食事を出来ませんでした。旅館では、あわてて韓娥を追いかけて来ました。韓娥は旅館に戻って、歌声を長引かせて歌いましたが、村里の老人も幼い子も、喜びに舞い踊り、気持を抑えることが出来ませんでした。前の時の歌の事も忘れました。そこで韓娥に手厚く御礼して出発させました。だから雍門の人達は、今になっても良く歌ったり泣いたりしていますが、韓娥の歌声に倣っているのです。

伯牙は琴を弾くのが上手で、友人の鍾子期はその演奏を聴くのが上手でした。伯牙が琴を弾いて、気持が、高い山に登っている様に思っていると、鍾子期が、「良いなぁ。高く嶮しい泰山の様な曲だ。」と言いました。伯牙が琴を弾いて、気持が、川の流れを前にしている様に思っていると、鍾子期が、「良いなぁ。広々とした長江か黄河の様だ。」と言いました。伯牙が思いをこめて演奏していると、鍾子期は伯牙の気持ちが必ず分りました。
或る時、伯牙が泰山の北の麓に出かけた時に、急に激しい俄か雨に遭いました。岩陰に雨をよけながら悲しく思い、そこで琴を手に取って弾き初めました。初めは長雨の曲を弾き、更に山が崩れる曲を弾きました。曲を演奏する度に、鍾子期は伯牙の演奏の心を言い尽しました。伯牙は琴を置いて感歎して、「良いなぁ。良いなぁ。君の聴き方は、君が曲を聴いて想像することは、私の思っていることの様だ。どういう曲だったら、君が想像できないのかなぁ。」と言いました。

周の穆王が西の方へ視察に出かけて、崑崙山を越えて、日が没る弇山までは行かずに引き返しました。帰る道で、まだ中国に到着しない途中で、工芸品を献上したいという者が有りました。名は偃師です。穆王は此の男を前に進ませて、「お前は、どんな技術が有るのか。」と尋ねました。偃師は、「私は、王様の御命令通りに致しますが、ただ私はもう造った物が有りますので、出来ることなら王様は先ず其れを御覧になって下さい。」と言いました。穆王は、「別な日に其れを持って来るがよい。私はお前と一緒に其れを見よう。」と言いました。翌日、偃師は穆王に謁見しました。穆王は偃師を前に招いて、「お前が一緒に連れて来た者は何者か。」と問いますと、偃師は、「私が造った歌ったり踊ったりする者です。」と言いました。穆王が驚いて其の者を見ますと、走ったり歩いたり、うつむいたり上を見たり、本当に人間の様です。実に巧みに造られていて、偃師が其の造り物の頤を動かすと歌をうたい、旋律にも合っていましたし、其の手を持ち上げると舞い踊り、拍子にも合っていました。其の動きは千変万化で、思い通りに動きます。穆王は本物の人間だと考えて、寵愛する盛姫や女官たちと一緒に此れを見物していました。その芸が終ろうとした時、歌っていた其の者が、目をまばたいて、穆王の左右にいた侍女たちを招きました。穆王は大そう怒って、すぐさま偃師を処刑しようとしました。偃師は大そう恐れて、其の歌っている者をバラバラに分解して、穆王に見せました。其れは、革・木・膠・漆を材料として、白・黒・丹・青の色を着けたものでした。穆王が其れを詳しく点検しますと、内部は、肝・胆・肺・脾・腎・腸・胃が有り、外部は、筋肉・骨・手足・皮膚・毛・歯・髪など、皆、本物そっくりの物でした。そうして何から何まで備わっていない物は有りませんでした。それ等を組み立てると、初めに来た時と同じ様になりました。穆王が試しに其の心臓を取り除くと、口がきけなくなりました。其の肝臓を取り除くと、目が見えなくなりました。其の腎臓を取り除くと、足で歩くことが出来なくなりました。穆王は始めて喜んで、「人間の技巧が造る物は、自然が造り出す技巧と同じ様なのだなぁ。」と感歎して言いました。そこで御供の車に命じて、偃師の造った其の工芸品を載せて帰りました。例の班輸の造った雲梯（天まで届くような高い梯子）や、墨翟の飛鳶（空を飛ぶトビの造り物）は、二人とも自分が才能の極致で造り出したものだと言っていましたが、弟子の東門賈や禽滑釐が偃師の技巧の話を聞いて班輸と墨翟に話しましたので、話を聞いた班輸と墨翟は、一生涯、自分たちの工芸に就いて語らなくなり、偶に大工道具を手にするだけでした。

甘蠅は昔の弓の名人で、弓を引くと、獣は身を隠し、鳥は地上に降りて来ました。弟子の飛衛は、弓術を甘蠅に学んで、その腕前は先生の甘蠅より優っていると言われました。紀昌という者が、弓術を飛衛に学びました。飛衛は紀昌に、「お前は先ず、瞬きしないことを身につけて、それから後に弓術の話をするがいい。」と言いました。紀昌は家に帰って、妻が踏む機織りの機械の下に臥て、足で踏む度に下って来る棒を見つめて瞬きをしない様に練習しました。二年経って錐の先が目に迫って来ても瞬きしない様になりました。そこで先生の飛衛に報告しました。飛衛は、「まだ駄目だ。続けて視ることを練習してから弓術を学べるのだ。小さい物が大きい物の様に見え、微かな物がはっきり見える様に成ったら、それから私に報告しなさい。」と言いました。紀昌は、毛で虱を縛って窓に吊し、南に向って虱を見たところ、十日間も経つと虱の姿がだんだん大きく見え初め、三年の後には車輪の大きさに見えました。それで、他の物を見ると、皆、丘や山の様に大きく見えました。そこで燕の地の獣の角で作った強い弓に、北方の地の蓬の矢で、虱を射たところ、虱の心臓を貫きましたが、虱は懸ったままで毛が切れて落ちたりしませんでした。そこで飛衛に報告しました。飛衛は小躍りして胸を叩いて、「お前は弓術を完全に会得したぞ。」と言いました。

　紀昌は飛衛の弓術を究め尽し、天下（世界）で自分の弓術に匹敵する者がいないか考えたところ、一人いました。そこで飛衛を殺そうと思って、野原で出会った時に、二人で互いに相手を射っていましたが、二人の矢は途中でぶつかり地面に落ちましたが、塵も上りませんでした。その中に、飛衛の矢は尽き、紀昌の矢は一本残っていました。紀昌が其の一本で飛衛を射たところ、飛衛は茨(いばら)の棘(とげ)で其の矢を受け止めました。少しの狂いも無く矢を防ぎました。そこで飛衛と紀昌とは泣きながら弓を捨てて、路上で互いに拝礼し親子と成ることを誓い、臂(ひじ)を刺して血を出して誓って、弓術の極意を他人に教えない事を約束しました。

馬術の名手の造父(ぞうほ)の師を泰豆(たいとう)氏と言いました。造父が始め泰豆氏の許(もと)で馬術を習おうとした時に、造父は師に対して非常に謙遜し尊敬した態度でした。泰豆氏は三年間、造父に何も教えませんでした。造父は、師に対してますます礼義正しくしておりました。それで泰豆氏が造父に言うには、「昔の詩にあるが、腕の良い弓師(ゆみし)（弓の製作者）の子供は、必ず先(ま)ず箕(み)を作ることを学び、腕の良い鍛冶屋(かじや)の子供は、必ず先ず裘(かわごろも)（革(かわ)の衣服）を作ることを学ぶ、と。お前は、先(ま)ず私が早足で歩く姿を観察しなさい。早足で歩く姿が私の様になって、それから後(のち)に六本の手綱(たづな)を持っている様になって六匹の馬を扱うことが出来るだろうよ。」と。造父は、「ただ仰有(おつしや)る通りに致します。」と答えました。泰豆氏はそこで木を立てて柱の道を造りました。その木の頭はやっと足を受けるだけの狭さでした。歩数を数えて置きましたが、それを踏んで行くのに、早足で行ったり来たりしても、踏み外すことは有りませんでした。造父は其れを練習して、三日間で其の技巧を会得しました。泰豆氏は感心して、「お前は何と理解が早く、知識を手に入れるのが早い男だね。大体、馬術の要領も、此れと同じ事なのだよ。先程、お前が歩いて行った時に、其の事を足で感じ、心に受け止めた事だろう。此れを馬を扱うのに応用すれば、轡や銜をとって馬車をうまく扱い、馬の唇や口先の釣り合いを上手に締めたり緩めたりして、その度合いを胸の中で調整し、程度を手綱の操作で加減して、内は自分の心の中で、外は馬の気持ちに合わせるのだ。こういう訣で、馬が進んだり退く時に、真っ直に進み、旋回したり曲ったりする時は、規（コンパス）と矩（さしがね）とを使った様に正確に（円を描き、直角に曲る）出来るし、道を辿って遠くまで行っても、馬の気力は、余り有る程なのだ。それは実際に馬術を身につけているからなのだ。馬術の奥儀によって、銜をとる心が轡をとる心に伝わって行き、轡をとる心が手に伝わって行き、手にとる心が乗馬の人の心に伝わって行くならば、目で見ることも無く、鞭で馬を走らせることも無く、心は閑かに姿勢を正しく、六本の手綱さばきも鮮かに、二十四の蹄（六匹の馬）の脚並みは正しく、廻ったり進んだり退いたりして、正しい節度に合わないことは無いのだよ。こうして、車輪の跡の外に余計な轍の跡が無い様にして、馬の蹄の跡の外に余計な跡が無い様にしたのだ。まだ此れ迄に険しい山や谷と高原や湿地の平坦さも気に成らなかった。どちらも同じに見えたのだ。私の馬術の極致だよ。お前は此の事を記録しなさい。」と言いました。

魏国の黒卵は、私事の怨みから丘邴章を殺しました。丘邴章の子供の来丹は、父親の仇を取ろうと計画しました。来丹の気性は荒々しかったのですが、身体つきはひどく弱々しく、飯粒を数えて食べたり、風に吹かれると小走りする程でした。腹を立てたと言っても、武器を手にして仇を討つことは出来ません。他人の力を借りるのは恥だと思っていましたので、剣を自分の手に持って黒卵を殺そうと心に誓っていました。黒卵は凶悪で、猛々しい心が多くの人々よりも強くて、力は百人の男達の併せた力と較べられる程でした。その筋骨や皮膚の肉づき等、普通の人間とは違っていました。首を伸ばして斬りつける刀の刃を受け、胸を開いて矢を受けても、刀や矢の切っ先の方が砕けて、身体には何の傷も有りません。其の才能や腕力が他人よりも勝れていることを自慢して、来丹を雛鳥の様に弱いものと考えていました。

来丹の友人の申他（しんた）は、「君が黒卵を怨む気持は最高だが、黒卵は君をひどく馬鹿にしている。君はどうやって黒卵をやっつける積りなのかな。」と言いました。来丹は涙を流して、「お願いだから、君は私の為に黒卵をやっつける方法を考えてくれないか。」と言いました。申他は、「私は聞いた事が有るが、衛（えい）国の孔周（こうしゅう）は、その先祖が殷（いん）の皇帝の宝剣を手に入れていて、男の子が其れを身につけていると三軍（一万二千五百人の兵士）の敵軍をも寄せつけないという事だ。どうして其の剣（けん）を借りに行かないのか。」と言いました。

来丹は衛国に行き、孔周に会って、下働きの男の様な丁寧な挨拶をして、自分の妻子を人質として預け、其れから自分が願っている事を言いました。

孔周は、「私には三本の剣が有ります。あなたがどの剣を選んでも構いませんよ。三本の剣は、どれも人を殺すことは出来ません。取り敢（あえ）ず三本の剣の状態を説明しましょう。一本目の剣は含光（がんこう）と言います。其の剣の刃（やいば）を見ても見えません。此の剣を振り廻しても、どこに有るのか分りません。其の剣の触れた所は触れたのかどうか、ぼんやりしていて、物に剣が触れても物は触れられた事が分りません。二本目の剣は承影（しょうえい）と言います。明け方の薄暗い時、夕方の薄暗くなった頃、北に向って此の剣を見ると、うっすらと、何かが有ると感じられますが、その形は分らず、其の剣が触れる所は、かすかに音がしますが、物を斬っても物は痛みを感じません。三本目の剣は宵練(しょうれん)と言います。昼間はその影を見ることが出来ますが、刃(やいば)の光を見ることは出来ません。夜になると刃の輝きは見られますが形は分りません。其の剣が物に触れると、ばっさりと音がして通り過ぎ、通り過ぎれば元通(もと)りに合います。痛みは感じますが刃に血は附(つ)きません。此の三本の剣は、十三代の間、伝わって来たものですが、ただ何かに使った事は無く、箱に入れて蔵(しま)っていて、まだ此れ迄に封(ふう)を切って取り出したことは有りません。」と言いました。来丹は、「そうでしょうが、私はその三番目の剣を是非(ぜひ)お借りしたく思います。」と言いました。そこで孔周は来丹の妻子を帰してやって、来丹と七日間、身を潔(きよ)めて、夕暮れの薄暗い中で、跪(ひざまず)いて三本目の剣を来丹に授けました。来丹は再(ふたた)び礼をして三本目の剣を受け取り魏の国へ帰りました。

来丹は、到頭(とうとう)、剣を持って黒卵の後をつけて、黒卵が酒に酔って窓下で寝ている時に良い機会だと思って、頭から腰まで黒卵の身体を三つに斬りましたが、黒卵は気がつきませんでした。来丹は黒卵が死んだものと思って走って其の場から立ち去りました。そして門の所で黒卵の息子に会いました。その子も剣で三回斬(き)りました。しかし空気を斬った様なものでした。黒卵の息子は笑って、「あなたは何をふざけて三回も私を招いているのかい。」と言いました。来丹は、剣が人を殺すことが出来ないことを知って歎(なげ)きながら家に帰って行きました。

黒卵は目が覚めて、妻に向って腹を立てて「酔って寝ているのに、私に何も着せないで何(なん)だ。お蔭で私は喉(のど)が痛むし、腰も痛くなったぞ。」と言いました。黒卵の息子は、「先刻(さっき)、来丹が来て、門の所で私に会い、三回私を招きましたが、私の身体が痛くなり、手足が強(こわ)ばりました。彼は私に呪(まじない)でもしたのでしょうか。」と言いました。

周(しゅう)の穆王(ぼくおう)が遠くの西戎(せいじゅう)の国を攻撃しました。そこで西戎の国では、錕鋙(こんご)の剣(けん)と火浣(かかん)の布(ふ)を献上しました。その剣は長さ一尺八寸で、鋼(はがね)を鍛(きた)えた赤い刃(やいば)の剣ですが、此の剣を使って宝石を斬ると、泥を斬るように斬れます。火浣(かかん)の布(ふ)は、洗う時に必ず火の中に投げ込みます。布はすぐに火の色と成り、布に附いた汚れは、布の色のままです。火の中から取り出して振えば、真っ白く雪の様だと言われています。皇子(おうじ)が思うには、そんな物は無いだろう。そういう話を伝えている者が出鱈目（でたらめ）を言っているのだ、と。蕭叔（しょうしゅく）という者は、「皇子は、自分自身を信ずることが大胆で、理屈を押し通すことも大胆だね。」と言いました。

註1　『荘子』内篇・逍遥遊第一に同じ話が見える。

力命　第六

〔註〕力は、人力。命は運命。

　力が命に向って言うには、「君の仕事ぶりは、私の仕事と較べて勝っているだろうか。」と。命が言うには、「君は何かにどんな功績が有って、私と比較しようとするのかね。」と。力は、「寿（長生き）・夭（早死）・窮（落ちぶれる）・達（出世する）、貴（高い身分）・賤（低い身分）・貧（貧乏）・富（金持ち）は、私の力が働いた結果なのだよ。」と言いました。命は、「長生きした彭祖の智力は、天子の堯や舜よりも勝れていたのでもないのに、寿命は八百歳だったし、顔淵（孔子の門人の顔回）は、その才能が多くの人々の下ではなかったのに寿命は四八（三十二歳）だったし、仲尼（孔子）の人格は諸国の領主の下ではなかったのに、陳国と蔡国の軍隊に囲まれて困しみ、殷の紂王の行為は三仁（箕子・比干・微子）よりも勝れていないのに君主の地位に居り、季札（呉国の王子）は呉国で王位を嗣がなかったのに、田恒（斉国の重臣）は斉国を我が物としていたし、伯夷・叔斉は首陽山で飢死しました。季氏（魯の重臣）は、人格者の展禽（柳下恵）よりも裕福でしたよ。もしも此の様な事が君の力で出来たのだとすれば、如何して彼を長生きさせ此れを若死させ、人格の立派な人を困窮させ道徳にそむく人を思い通りにさせ、賢人が低い身分でいるのに愚か者を高い地位につけ、善人を貧しくして悪人を裕福にするのかね。」と言いました。力が言うには、「もし君の言葉の通りならば、私は本当に何の功績も無いことになるね。その上、いろいろの物事が此の様であるのは、此れは君が操作しているのかな。」と言いましたので、命は、「もう其れ等を運命だと言っているのだから、どうして其れ等を操作できるだろうか。私は、真っ直なものは其のまま真っ直にして置き、曲っているものは曲ったままにして置くのだよ。自然に長生きし自然に早死し、自然に困窮し自然に通達する、自然に高い地位に就き自然に低い身分と成る、自然に金持ち自然に貧乏なのであって、私がどうしてそういう事の操作が出来るだろうか。私がどうしてそういう事の操作ができるだろうか。」と言いました。

北宮子が西門子に向って、「私が、君と同じ様に世間で暮しているのに、世間の人々は君に立派な地位を与えるし、同じ様な家族なのに、世間の人々は君を尊敬し、顔つきを較べると、世間の人々は君に好意を寄せ、言葉を較べると、世間の人々は君を信用し、行動を較べると、世間の人々は君を誠実だとし、役人であることを較べると、世間の人々は君の階級が高いとし、農業を較べると、世間の人々は君の収穫が多いとし、商業を較べると、世間の人々は君の利益が大きいとしている。私は着ているものは粗末な衣服だし、食べ物はまずい物ばかりだし、家は蓬（雑草）が生えている貧しい建物だし、外出する時は歩いている。君は、衣服は綾錦の上等な衣服だし、食べ物は白米に魚肉などの上等の料理だし、住まいは長い棟の大きな屋敷だし、出かける時には四頭立の馬車に乗っている。家に居る時には楽しんで暮していて、私などを相手にしないでいるし、役所にいる時は、ずけずけ物を言って、私を見下している態度だ。互いに往き来することも無く、出歩く時も一緒に出かけた事も無く、本当にもう何年も此の状態だ。君は自分で人格が私より勝っているとでも思っているのかい。」と言いました。

西門子は、「私はそういう事が事実なのかどうかは分らない。君は仕事をすれば行き詰るし、私は仕事すれば成功するのだ。此れは人格の厚い薄いの結果なのだろうか。それなのに、すべて私と同じ条件だとして物を言うのは厚かましいのではないかね。」と言いました。

北宮子は、どう答えていいのか分らず、ぼんやりして帰りましたが、途中で東郭先生に出会いました。東郭先生は北宮子に、「君はどこに行って帰るところなのか。よろよろと歩きながら、ひどく恥ずかしそうにしているではないか。」と言いましたので、北宮子は西門子との問答のことを話しました。東郭先生は、「それでは私が君の恥をそそいで上げよう。君と一緒にもう一度西門子の所に行って見よう。」と言いました。そうして東郭先生は西門子に、「君はどうして北宮子をひどく恥かしめたりするのかね。本当に其の理由を言い給え。」と尋ねました。西門子が言うには、「北宮子は、世の中・家族・年齢・容貌・言説・行動が、私と同じに並んでいるのに、身分の低さ・身分の尊さ・貧乏・富裕の点が私と異なっている、と言ったのです。私は北宮子に、私は其の実情がどうなのかは知らないけれども、君は仕事をしてうまく行かず、私は仕事をしてうまく行くのだ。此れは人格の厚い薄いの結果なのだろうか。それなのに、すべて私と同じ条件だとして物を言うのは厚かましいのではないのか、と言ったのですよ。」と言いました。東郭先生は、「君が厚い薄いと言っているのは、才能の差を言っているのに過ぎないね。私が厚い薄いと言うのは其れとは違う。そもそも北宮子は人格は厚いが天命に薄く、君は天命に厚いが人格は薄いのだ。君が仕事を完成するのは智力の結果ではなく、北宮子の行き詰りは愚さの結果の失敗ではないよ。皆、天命なのだ。人間の力ではないよ。それなのに君は天命の厚いことを自慢し、北宮子は徳（人格）の厚いために自分で恥ずかしく思っている。二人とも自然の道理が分っていないのだね。」と言いました。西門子は、「先生もう止めて下さい。私は今後は二度と言いませんから。」と言いました。

北宮子は家に帰ってから粗末な服を着ていましたが、狐や貉の毛皮で造った衣服の様な温かさが有りました。大豆入りのご飯で食事をしながら白米の食事の様な美味でした。其のあばら家に住みながら、広い棟の大きな家に住んでいるように思われ、粗末な車に乗っていても飾りの付いた立派な車に乗っているように思い、一生涯、悟り切った様な生活で、栄辱（名誉や恥辱）が、誰にあるのか自分にあるのかも気にしませんでした。

東郭先生は北宮子の事を聞いて、「北宮子は長い間寝ていたが、一言で目が覚めることが出来たのだな。早く目覚めたものだね。」と言いました。

管夷吾と鮑叔牙の二人は、友達として親しい仲でした。二人は同じく斉の国に住んでいて、管夷吾は公子の糾に仕え、鮑叔牙は公子の小白（糾の弟）に仕えていました。斉の国の君主の一族は、君主から可愛がられている者が多く、嫡子も庶子（本妻以外の子）も同じ様に礼遇されていたので、斉の国民は国が乱れるのではないかと心配していました。そこで管夷吾は召忽と共に公子糾を護って魯の国に難を避け、鮑叔牙は公子小白を護って莒の国に難を避けました。間も無く、公孫無知が叛乱して斉国には君主が居なくなりました。そこで公子の糾と公子の小白とは、斉の国の君主の地位を争うことになりました。管夷吾は小白と莒の国で戦い、管夷吾の射た矢は、小白の帯の留め金に当たりました。

小白（桓公）が斉国の君主と成ったので、魯の国を威して公子糾を殺させました。召忽は此の時に自殺し、管夷吾は捕虜になりました。鮑叔牙は桓公（小白）に、「管夷吾の才能は、国家を治めることが出来ます。」と言いました。桓公は、「管夷吾は私の讎だ。出来ることなら死刑にしたい。」と言いました。鮑叔牙は、「私は、賢明な君主には私怨（個人の怨み）が無い、と聞いております。その上、人が其の君主の為に尽すならば、また他の人の為にも尽すことでしょう。殿様がもし諸国制覇の王に成ろうとされるのなら、管夷吾を用いなければ不可能だと思います。殿様、どうか管夷吾を許してやって下さい。」と言いました。遂に管夷吾は許されることとなり、魯国は管夷吾を斉国に帰らせました。鮑叔牙は郊外まで管夷吾を出迎えて、管夷吾が縛られていた縄をとき、桓公は管夷吾を鄭重に迎え、斉の重臣の高氏や国氏よりも上の地位に就けましたが、鮑叔牙は自分で管夷吾の下につき従い、管夷吾は一国の政治を任されて、仲父という号で呼ばれました。桓公は遂に天下を制覇するに至ったのでした。

　管仲（管夷吾）は、或る時、溜め息をついて言うには、「私は昔、若い頃に貧乏で困っていた時、鮑叔（鮑叔牙）と共に商売をして、利益の金を分ける時に、私の方が多く取ったが、鮑叔は私が欲張って沢山取ったとは言わなかった。私が貧乏なのを知っていたからだ。私は以前、鮑叔の為に事業を計画したが、うまく行かずに困窮したことが有ったが、鮑叔は私が愚かで事業に失敗したとは言わなかった。時機には有利と不利とが有ることを知っていたからだ。私は以前、三回、君主に仕えて三回追放されたが、鮑叔は私を頭が悪い男だとは言わなかった。私が時運に遭わなかっただけと知っていたからである。私は或る時、三回戦って三回敗走した事が有ったが、鮑叔は私を卑怯者とは言わなかった。私に年老いた母が有ることを知っていたからだ。公子糾は敗北し、召忽は此の事で自殺し、私は捕えられて恥を受けたが、鮑叔は私を恥知らずとはしなかった。私が小さな事で恥たりせずに、名が天下（世界）に知られない事を恥ずかしく思うことを知っていたからだ。私を生んだのは父と母とであるし、私を良く理解してくれる者は鮑叔だ。」と述べています。

此の事から世間では、管・鮑は親密な交友関係だったし、小白は才能の有る者を抜擢して任用したと称讃しています。然しながら、実は親密な交友関係ではなく、実は才能の有る者を抜擢して任用したのではありません。実は親密な交友関係ではなく、実は才能の有る者を抜擢して任用したのではありませんとは、それよりも親密な交友関係が有り、それよりも才能の有る者を抜擢して任用するという事ではないのです。召忽は死ぬことが出来たのではなく、死なないわけには行かなかったのですし、鮑叔は才能の有る人を推薦したのではなくて、推薦しないわけには行かなかったのですし、小白は讎を抜擢して任用したのではなく、任用しないわけには行かなかったのです。

管夷吾が病気になったので、小白は管夷吾に尋ねて、「仲父（管夷吾）の病気は重い様だが、言うことを避けることは出来ないけれども、あなたが大病になったら、私は誰に国の政治を任せれば良いだろうか。」と言いました。管夷吾は、「殿様は誰にして欲しいのですか。」と言うので、小白は、「鮑叔牙は如何だろうか。」と言いました。管夷吾は、「駄目です。鮑叔牙の人と為り（人物）は潔白清廉の立派な男ですから、自分に及ばない者に就いては人間扱いをしません。一度でも他人の過ちを聞いたなら、一生涯その事を忘れません。鮑叔牙に国政を任せたならば、人民の上に立つ殿様を制約し、下々の人民の気持に逆らうことでしょう。そうして殿様に罰せられるのは、そう遠い先のことではないと思います。」と。小白は、「それならば誰が良いだろうか。」と言いましたので、管夷吾は、「他に無ければ隰朋が良いと思います。其の人と為りは、上に君主が有ることを忘れ、下々の人民たちは離反せず、自分が黄帝に及ばないことを恥ずかしく思っており、自分に及ばない者には同情しています。自分の高尚な人格で人々に影響を与える人を聖人と言います。自分の財貨金銭を人々に分け与える人を賢人と言います。自分の賢明さを以て他人に対するならば、まだ他人の共感を得た人は有りません。自分の賢明さが有るのに他人に謙遜して対するならば、まだ他人の共感を得られなかった人は有りません。隰朋ならば其の国家に関しては細かい事まで聞かないし、其の家庭に於ては、細かい事まで見ていないことが有るのです。他の人が見つからなければ隰朋が良いと思います。」と答えました。そういうことで、管夷吾は鮑叔牙に薄情であったわけではなく、薄情の様にしないわけには行かなかったのですし、隰朋に手厚くしたのではなく、手厚くしないわけには行かなかったのです。始めに手厚くすると後に薄情にすることが有り、後に薄情に扱うことが始めには手厚く扱ったことも有るのです。手厚いことや薄情なことが、来たり去ったりすることは、自分が原因ではありません。天命なのです。

　鄭の国の鄧析は、両可の説（二つの事に是非は無く、どちらも可とする説）を立てて無窮の辞（論弁に窮ることが無いとする説）を設定しました。鄭国の公孫の子産が政治を執る事になって、竹刑（竹に罪状を記す）を作って鄭国が此れを用いる様になった時、鄧析は度々子産の政治を批判しました。子産はその批判にやり込められていました。子産は鄧析を逮捕して牢獄に入れて鄧析に恥辱を与え、急に鄧析を死刑にしてしまいました。そういう事は、子産は竹刑を用いることが出来たのではなく、用いないわけに行かなかったのです。鄧析は子産を批判してやり込めたのではなく、やり込めないわけには行かなかったのです。子産は鄧析を死刑にすることが出来たのではなく、死刑にしないわけには行かなかったのです。

生きることが出来て生きているのは、天（宇宙の支配者）が下さった幸福です。死ぬことが出来て死ねるのも天が下さった幸福です。生きることが出来るのに生きられないのは天が与えた罰です。死ぬことが出来るのに死ねないのも天が与えた罰です。生きることが出来たり、死ぬことが出来たりして、生きることが出来たり、死ぬことが出来たりしている場合が有ります。生きてはならない場合や死んではならない場合に、場合によっては死んだり、場合によっては生きたりする場合が有ります。しかし、次ぎ次ぎと生きたり死んだりすることは、外物が決定することではなく、自分が決めることでもなく、すべて運命なのです。智力が如何（どう）にか出来ることでもありません。それで、「深遠（しんえん）で幽（かす）かに際限も無く天の道（運行）は自然に集って来て、ひっそりと分化することも無く、天の道は自然に運行しています。天地も其の運行を妨げることは出来ず、すぐれた智力も妨げることは出来ず、鬼や魔物も誤魔化すことは出来ませんし、天の自然な運行は、沈黙し、完成し、平らかにし、安らかにし、去る時は送り、来る時は迎えるのです。（万物に順応するのが自然の道だと言っています。）

楊朱の友達に、季梁という人がいました。季梁が病気に罹り、七日間経ってからひどく悪くなりました。子供たちは季梁の病床を取り囲んで泣いて、医者を呼ぼうとしていました。季梁は楊朱に、「私の子供が私に似ないで愚かなことはひどいものだ。君はどうか私の為に歌をうたって子供たちに教えてやってくれないか。」と言いました。そこで楊朱は歌をうたって、「天も病の原因を知らないのだから、人がどうして悟ることが出来るだろうか。幸福は天から与えられるものではないし、災いは人が原因ではない。私と君とにも分らないことだし、医者や巫（祈祷師）にしても分らないことだ。」と歌ったのですが、季梁の子供たちは意味が分らず、遂に三人の医者を呼ぶことになりました。一番目の医者は矯氏、二番目の医者は兪氏、三番目の医者は盧氏と言いました。

季梁の病状を診て、矯氏は季梁に「あなたの身体は、寒さや温かさに対して調節が出来ず、病人の正気と病気の邪気との釣り合いが取れていないし、病気は、食べ物が足りなかったり、情欲の精神状態が安定していないのが病気の原因です。天の力によるものでもなく、天が与えたものでもなく、鬼（死者の魂）が与えたものでもありません。病状が進んでも治療できますよ。」と言いました。季梁は矯氏の言葉を聞いて、「平凡な医者だ。早く帰って貰いなさい。」と言いました。

二番目の医者の兪氏は、「あなたは月足らずで生れて、乳を飲むことは多過ぎる程で、病気は一朝一夕に身を生じたものではありません。病気に罹ったのは、ずっと以前のことで、治ることは難しいですね。」と言いました。季梁は「良いお医者さんだ。取り敢ず食事を差し上げなさい。」と言いました。

三番目の医者の盧氏は季梁に、「あなたの病気の原因は、天が与えたものではなく、また人間が与えたものでもなく、鬼（死者の魂）が与えたものでもありません。生（生命）を受けて（此の世に生れて）、形（身体）を身に受けた時から、あなたの生命や身体を制約するものが有り、またこうなる事が分っていたのです。薬や鍼を用いても、貴方の病気を治せませんね。」と言いました。季梁は「盧氏は神医（神秘的な力が有る医者）だから、十分に御礼をして御帰り頂きなさい。」と言いました。

急に季梁の病気は自然に治ってしまいました。

生命は、それを大切にしたからと言って長生き出来るものではなく、身体は、それを大事にしたからと言って健康でいられるものではありません。生命は、それを粗末にしたからと言って早死するものではなく、身体は酷使したからと言って衰弱するものではありません。だから、生命を大切にしても場合によっては長生き出来ず、或は粗末にしたからと言っても場合によっては死なないことが有ります。身体は、それを大事にしたからと言って、場合によっては健康でいられず、酷使したからと言って、場合によっては衰弱しないことが有ります。此れ等は、道理に反することの様ですが、反してはいません。此れ等は、自然に生き、自然に死に、自然に健康で、自然に衰弱しているのです。或は又、大切にして長生きし、或は粗末にして衰弱するのは、道理に従っている様に見えるけれども従ってはいません。自然に生き、自然に死に、自然に健康で自然に衰弱しているのです。

鬻熊は文王に、「自然に長い物は、増加させたわけではなく、自然に短かい物は、減少させたわけではありません。（天が定めていることです）。」と話しています。

老聃（老子）が関尹に説明して、「天（自然の道理）が嫌っていることは、誰が其の理由を分るでしょうか。天の心を受けて利益や損害を推測しようと言うことは、止めた方が宜しいですよ。」と言っています。

楊布が兄の楊子（楊朱）に尋ねて、「二人の人がいるとして、年齢も大差無く、資産も大差無く、才能も大差無く、容貌も大差無いというのに、寿夭（長生きと早死）には大きな差が有り、貴賤（身分の高い低い）には大きな差が有り、名誉にしても大きな差が有り、他人に愛されたり憎まれたりすることにも大きな差が有ります。どうして此の様な差が出来るのか、私には分らないのです。」と言いました。

楊子は、「昔の人が言っているが、私は前に聞いたことが有って覚えているから、今それをお前に話してやろう。そうなる理由が分らないのに、そうなっているのは、運命だということだ。今、世の中は物事の道理がよく分らず、雑然として移り動き、其の為す所に任せ、その為していない所に任せ、日々に去り行き、日々に来る状況だが、誰も其の理由が分らないのだ。こういう事は、すべて運命なのだ。そもそも運命を信ずる者にとって、寿夭という見方は無いし、天の理（自然の法則）を信じている者にとっては、是非（正しいことと誤ったこと）の考え方は無いし、自分の心を信ずる者にとっては逆境も順境も無く、自己の本性を信ずる者にとっては安全も危険も無いのだ。つまり此の様な状態を、すべてを信ずる所が無く、すべてを信じない所が無いと言うのだ。純真であり誠実である。何を捨て去り、何を身につけ、何を悲しみ、何を楽しみ、何を行動し、何を行動しないか、すべて運命を受け容れるのだよ。」と言いました。

『黄帝の書』に述べていますが、「至人（道を究め尽した人）は、静座している時は、まるで死んでいるかの様で、動いた時は、まるで木彫りの人形の様に無心に行動している。また、静座している理由は分らず、また、静座していない理由も分らない。また、動く理由も分らず、また動かない理由も分らない。また、多くの人が見るだろうと考えて、その表情や容貌を変えることをせず、また、多くの人が見ていないだろうと考えて、その表情や容貌を変えないことはしない。自分の判断で往き、自分の判断で来るし、自分の判断で出るし、自分の判断で入る。誰も其の行動を妨げることは出来ない。」と有ります。

墨杘（物静かで正直者の様で狡い男）・單至（おっちょこちょい）・嘽咺（ぼんやり）・憋懯（せっかち）の四人は、一緒に世間で暮していて、それぞれ自分の思った通りに行動して、年月が経ちましたが、お互いの気持を理解することは有りませんでした。自分の智力がすぐれていると思っていたからです。巧佞（言葉巧みな者）・愚直（馬鹿正直な者）・婩斫（時代遅れの者）・便辟（おべんちゃら）の四人は一緒に世間で暮していて、それぞれ自分の思った通りに行動して、年月が経ちましたが、自己主張をすることは有りませんでした。自分のやり方がすぐれていると思っていたからです。繆伢（腹に一物有る者）・情露（感情をすぐ表に出す者）・譴㥛（口ごもる者）・凌誶（他人の悪口ばかり言う者）の四人は、一緒に世間で暮していて、それぞれ自分の思った通りに行動して、年月が経ちましたが、お互いに人格を認め合うことは有りませんでした。自分には才能が有ると思っていたからです。眠娗（人を侮る者）・諈諉（仕事を他人に押しつける者）・勇敢（勇ましい者）・怯疑（臆病者）の四人は、一緒に世間で暮していて、それぞれ自分の思った通りに行動して、年月が経ちましたが、お互いに人の過失を咎めることは有りませんでした。自分の行動に誤っている所は無いと思っていたからです。多偶（誰とでも気が合う者）・自専（独断専行する者）・乗権（権力に附き従い権力を振り廻す者）・隻立（独立独歩の者）の四人は、一緒に世間で暮して、年月が経ちましたが、お互いに周囲を見渡すことをせずに過していました。自分では時世に適合していると思っていたからです。右に挙げたそれぞれの人の生き方は、其の形態は様々ですが、みな道（自然の法則）に適合したもので、運命の落ち着いた形なのです。

偶然に成功している者は、成功の様に見えているだけです。本当に成功しているのではありません。偶然に失敗している者は、失敗の様に見えているだけです。本当に失敗しているのではありません。だから、迷いは成功や失敗が似ていることから生じます。似ている場合には、はっきりしません。似ている場合にぼんやりとしていないならば、身の周囲の禍に驚くことも無く、身の幸福に喜ぶことも無く、適当な時に行動し、適当な時に行動を止め、智力で判別できるものではありません。運命を信ずる者は、成功や失敗などに人間の力が働くとは思っていません。成功や失敗などに人間の力が働くと思っている者は、目隠しをして耳を塞いでいるのがいいでしょう。城壁を背にして城の堀を前にしたところで落ちて死ぬことも有りません。だから、「死ぬとか生きるとかは運命である。貧しくて困窮することは時の成り行きである。」と言われています。夭折（早死）を恨めしく思う者は、運命ということを知らない者です。貧窮（貧しくて困窮すること）を恨めしく思う者は、時の成り行きを知らない者です。死ぬ時になっても死を恐れず、困窮した生活にあっても何の気懸りも無い者は、運命を知り、時の成り行きに安心しているからです。

そもそも智力のすぐれた人に利害（利益と損害と）を計算させ、虚実（虚偽と真実と）を推測させ、人情の有る無しを調べさせても、正しい結果が得られるのは半分の割合で、得られないのも半分の割合です。そもそも、智力のすぐれない人には利害を計算させず、虚実を推測させず、人情の有る無しを調べさせない様にしても、正しい結果が得られるのは半分の割合で、得られないのも半分の割合です。計算したのと計算しないのと、推測したのと推測しないのと、有る無しを調べたのと調べないのと、どこが違っているでしょうか。ただ、計算する事が無く、計算しない事が無ければ、物事は完全で、失う事は有りません。そして、それは完全であることが分ったわけではなく、失うことが分ったわけでもありません。自然に完全であり、自然に失っているのです。

斉の景公が牛山（山東省にある山）に出かけて、その北方に見える斉の都の城を眺めて感動の涙を流して、「美しい国だなぁ。草木はこんもり茂っているし、どうして河の流れの様に此の国から立ち去って死ぬことが出来るだろうか。昔から死ぬという事が無かったならば、私は此の土地を去って何処へ行くことが出来るだろうか。」と言いました。供の史孔や梁丘據は、皆、景公につられて泣いて、「私共は、主君の御蔭に頼って生きております。仮に、粗末な食事や悪い肉を食べることが出来たり、脚ののろい馬や粗末な車にでも乗ることが出来れば、やはり死ぬ事は望みません。それなのに況して主君の死を望んだりは致しません。」と言いました。

傍らにいた重臣の晏子（晏嬰）だけは笑っています。景公は涙を拭いて晏子を振り返って、「私は今日の山歩きは悲しくて、史孔や梁丘據は、皆、私と一緒に泣いてくれたのに、貴方一人が笑っているのは如何してなのかな。」と言いました。晏子は答えて、「賢明な君主に、常に斉の国を護らせるならば、始祖の太公や中興の君主の桓公が常に斉の国を守ろうとするでしょうし、勇気の有る君主に斉の国を守らせるならば、荘公（景公の兄）や霊公（荘公の父）が常に斉の国を守ろうとしたことでしょう。何人かの君主が斉の国を守ろうとしていたならば、我が君は、それこそ蓑や笠を身に着けて田や畠の中に立って、農耕の事ばかりを考えようとしている事でしょう。国政の他に、どんな暇が有って死ぬ事を考えたりするのでしょうか。つまり我が君は、どうやって君主の地位を得て君主と成っているのですか。次々と君主の地位にいて、次々と君主の地位を去るということが有って、我が君の代に成っているのです。それなのに、我が君は君主の位にありながら涙を流すとは、立派な人格とは言えません。そんな人格の主君を見たり、おべっか使いの家来を見ました。私は、人格の足りない主君と、おべっか使いの家来たちを見ました。私は此の両者を見て、独りでこっそり笑っているというのが理由ですよ。」と言いました。景公は晏子の言葉で恥ずかしく思い、盃を挙げて自分への罰とし、二人の家臣にも罰として、それぞれ二杯の酒を飲むことにしました。

魏の国に東門呉という人がいました。其の子が死んだのですが、悲しい様子を見せませんでした。秘書役の男が、「貴方様が子供を可愛がっている様子は、此の世の中で他に見ない程でした。今、子供が亡ったのに悲しんでいないのは如何してですか。」と尋ねました。東門呉は、「私は以前、子供は無かったが、子供が無かった時に悲しんだりはしなかったよ。今は子供が亡ったが、以前の子供がいなかった時と同じだ。どうして悲しむことが有るだろうか。」と言いました。

農業は時節を大事にし、商業は利益を大事にし、工業は技術を追い求め、役人は勢力を追い求めるのは、勢力がそうさせるのです。ただ、農業には洪水や日照りが有り、商業には儲けや損失が有り、工業には成功と失敗が有り、役人には厚遇と不遇が有るのは、すべて運命がそうさせているのです。

楊朱　第七

〔註〕楊朱は中国の戦国時代の思想家。字は子居。

楊朱が魯の国に出かけて、孟氏の家に泊まりました。孟氏は楊朱に、「人間であることだけで十分なのに、どうして名声を求めるのでしょうか。」と尋ねました。楊朱は、「名声を求めるのは、富を得たいからだよ。」と言いました。孟氏が「もう富が手に入っているのに、どうして富を求めることを止めないのですか。」というと、楊朱は、「高い身分に成りたいからだよ。」と言いました。孟氏が、「もう高い身分に成っているのに、どうして富を求めることを止めないのですか。」というと、楊朱は、「死ぬことの為だよ。」と言いました。孟氏は、「もう死んだとして、どうして名声を求めたりするのでしょうか。」と言うと、楊朱は、「子孫の為なのさ。」と言いました。孟氏は「名声がどうして子孫の利益に成るのでしょうか。」と尋ねますと、楊朱は、「名声を求めることは、つまり其の身を苦しめるし、気を揉ませることが有るが、其の名声をうまく利用する者は、その名声の恩恵が親族にも及ぶし、利益は郷里の人々にまで行き渡るのだから、子孫にまで及ぶのは当然だよ。」と言いました。孟氏は、「そもそも名誉の為に行動する者は必ず無欲です。無欲ですと貧乏します。また、名誉の為に行動する者は必ず人に譲ります。人に譲れば自分は低い身分に成りますね。」と言いました。

楊朱は、「管仲が斉の国の大臣に成った時、主君が勝手放題な事をすれば、管仲もまた勝手放題な事をしたし、主君が贅沢をすれば、管仲もまた贅沢をして、主君の気持ちに迎合し、主君の言うとおりに従い、政治がうまく行なわれ、斉の国は諸国を制覇したのだった。ただ、管仲が死んでしまうと、管仲の利益恩沢は子孫に及ばず、一代限りのものだった。

田成子（田常）が斉の国の大臣に成った時は、主君が強大な勢力を発揮した時には、自分は控え目にし、主君が人民に酷しい取り立てをした時は、自分が人民に施して助けたので、人民は皆、田成子を慕って、そのため後に斉国を領有し、子孫は此れを受け継いで、今に至るまで絶えることが無いのだよ。」と言いました。

孟氏が、「実質的な名声の場合は貧しく、実体の無い名声の場合は裕福に成るのですね。」と言うと、楊朱は、「実質の有るものに名声は無く、名声の有るものに実質は無いものなのだよ。名声とは虚偽のものだよ。昔、天子の堯や舜は心にも無いのに天下（国家）を許由（堯の師）や善巻（舜の師）に譲ろうとして、それで天下を失うことが無かった。天子の位は百年も続いている。伯夷と叔斉は孤竹国の君主の地位を譲った為に、遂に自分の生れた国をも失って、首陽山で飢え死してしまったのだ。真実と虚偽との区別は、此の様にはっきりしているのだ。」と言いました。

楊朱が言うには、「百年は人間の寿命の最高限度です。百年の寿命を得られる人は千人に一人有るか無いかです。仮に百歳の人が一人居たとしても、幼児の時期と老い衰えた時期とは、百年の中の殆んど半分位でしょう。夜、眠って費される時間や、昼間ぼんやり過している時間は、又、殆んど其の半分位でしょう。病気の痛みとか、悲しみ苦しみとか、物を失ったり、心配したり恐れたりする時間は殆んど其の半分に成ります。残りの十数年に就いて考えて見ても、のんびりと自分で楽しんでいる時間は、ほんの僅かな時間しか有りませんし、ほんの少しの時間を限って見ても、そういう人は有りません。つまり、人間は生きている中に何が出来るでしょうか。何を楽しむことが出来るでしょうか。つまり、上等の衣服を着て美味い料理を食べて、音楽や美女を楽しむのがいいでしょうか。しかし、上等の衣服や上等の料理もいつも満足出来るとは限りません。音楽や美女も、いつも遊んだり聞いたりして満足できるとは限りません。つまり刑罰によって禁じられたり、賞讃されて勧められたり、名分と礼法の拘束を受けて、あたふたと一時的な虚しい名誉を他人と競争し、死後の栄誉を考慮し、孤独の暮しで耳で聴き目で視るものを慎しみ、身の行ないや心の思いを大事にし、空しくも元気な時期の最高の楽しみを失って、自分では少しの時期と時間を自由にすることが出来ず、まるで重罪の犯人が牢獄に繋がれているのと、どこが違うのでしょうか。

大昔の人は、生命が束の間に身に来ているもので、死去すれば束の間にあの世に行ってしまうことを知っていました。だから心のままに行動し、人の自然な気持に逆らうことなく、好きな事の現在の楽しみは、それを捨て去ろうとはしませんでした。それですから、名声を得ようとはせず、自分の本性のままに遊び、あらゆる物を受け容れて、世間が好む死後の名誉は得(え)ようと思わず、従って刑罰の対象とならず、名誉の先後(せんこう)や寿命の長短は、少しも考えていませんでした。

楊朱が言っていますが、「万物(ばんぶつ)（世の中のあらゆる物）がそれぞれ違っているのは生きている状態ですし、それぞれ同じなのは死んでいる状態です。生きていると賢(かしこ)い愚(おろ)か、身分が高い低いの区別が有ります。此れはそれぞれ違っている所です。死んでしまいますと、身体は腐(くさ)って消滅してしまいますが、此れはあらゆるものに同じ状態です。そうではありますが、賢い愚か、身分が高い低いは、人間の力でそうなるものではありませんし、身体が腐って消滅するのも、又、人間の力でそうなるのではありません。ですから、生きる事も人間の力で生きさせるのではなく、死ぬ事も人間の力で死なせるのではありません。賢いことも人間の力で賢くするのではなく、愚かなことも人間の力で愚かにしているのではありませんし、身分が高いのも人間の力で高くしているのではなく、身分が低いのも人間の力で低くしているのではありません。そうではありますが、万物は、等(ひと)しく生き、等(ひと)しく死にますし、誰でも賢く誰でも愚かに成りますし、誰でも高い身分にも低い身分にも成ります。十年生きて死ぬ人も有れば、百年生きて死ぬ人も有りますし、情深い人もすぐれた人格者も又、死にますし、凶悪な者も愚かな者も又、死んで行くのです。生きている間は、堯や舜の様な立派な天子も、死ねば身体は腐って消滅し、生きている間は桀や紂の様な悪逆な天子も、死ねば身体が腐って消滅するのは、堯や舜と同じ事です。誰が其の違いを知っているでしょうか。今暫くは生きている現在の事を考えればいいので、どうしても死んだ後のことを考える時間などは無いのですよ。」と楊朱は言っています。

楊朱は、「伯夷は欲望が無かったのではなかったのですが、清く正しい心を誇る気持ちが大きかったので、それで飢え死する結果と成ったのです。展季（柳下恵）は情欲が無かったのではなかったのですが、男女の間柄を守る心を誇る気持ちが大きかったので、それで自分の後を嗣ぐ者が少なく成ってしまったのです。清く正しくとか男女の間柄を守るという事が、本当の善（正しい道理）から外れているという事は此の事なのです。」と言っています。

楊朱が言いましたが、「原憲（孔子の門人）は魯の国で貧しい暮しをしているし、子貢（孔子の門人）は衛の国で富裕な暮しをしていました。原憲の貧しい暮しは生命を損ねましたし、子貢の裕かな暮しは身体を疲れさせるものでした。と言うことは、貧しい暮しも良くないし、裕かな暮しも良くないということです。では良い暮らしは何処に有るのでしょうか。それは、生きている事を楽しむことです。身体を安楽にしていることですよ。だから、十分に生きている事を楽しむ者は貧しくないし、十分に身体を安楽にしている者は、裕かではないのです。」と言いました。

楊朱は、「昔の人の言葉に、こんな事を言っていますね。『生きている時は、互いに同情し合い、死んだ時は、互いに縁を切る』と。此の言葉は道理を尽していますよ。互いに同情し合うと言うのは、ただ情愛のことだけではないのです。働いている者には十分に楽をさせてやり、空腹の者には満腹させてやり、寒さに悩む者には温かくしてやり、困窮している者には十分に援助をしてやるのですよ。また、死者に対して縁を切ると言うのは、悲しまないという事ではないのです。死んだ人の口の中に宝石を含ませたりせず、上等の衣服を着せたりせず、犠牲を並べたりせず、供え物の器を用意しないという事を言っているのですよ。」と言っています。

斉国の重臣の晏平仲（晏嬰）が、養生（健康を保つこと）に就いて管夷吾（管仲）に尋ねました。管夷吾は、「自分がしたい通りにすれば良いのですよ。自分の気持ちを抑えたり止めてはいけません。抑えたり止めてはいけませんよ。」と言いました。晏平仲は、「其の要点は何でしょうか。」と言いましたので、管夷吾は、「耳で聴きたいと欲するものを思う存分に聴き、目で視たいと欲するものを思う存分に視て、鼻で嗅ぎたいと欲するものを思う存分に嗅ぎ、口で言おうと欲するものを思う存分に言い、身体を休めたいと欲するならば思う存分に休め、心が行動したいと欲するならば思う存分に行動するのです。そもそも耳が聞こうと欲するものは音声です。それなのに聴くことが出来ない場合は「聡（耳さといこと）を妨げる。」と言うのです。目が見ようと思うものは美しい色です。それなのに視ることが出来ない場合は、「明（すぐれた視力）を妨げる。」と言うのです。鼻が嗅ごうと思うものは、椒蘭（山椒と蘭）の良い香りですが、それなのに嗅ぐことが出来ない場合は「顫（鋭い嗅覚）を妨げる。」と言います。口が言おうとする事は是非（正しいか正しくないか）です。それなのに言うことが出来ない場合は、「智恵を妨げる。」と言います。身体が安楽にしたいと思うものは美厚（うまい料理と上等の衣服）ですが、それなのに手に入れられない場合は「適（思い通り）を妨げる。」と言います。心がしたいと思うことは放逸（我が侭）ですが、それなのに思い通りに行動できない場合は「本性（生れつきの性質）を妨げる。」と言います。すべて此れ等の妨げているものは、人間の心や身体を損なう大きな原因です。心や身体を損なうものを取り除いて、安楽にして死を待っているならば、一日も一ヶ月の様に、一年も十ヶ年の様に感じられ、私が言う養生（健康を保つ）という事になるのです。此の心や身体を損なう大きな原因に拘束されると、それに縛りつけられて解放もされず、憂い悲しみながら長生きするならば、百年も千年も万年も生きた所で、私が言う養生とは言えませんよ。」と言いました。そこで管夷吾は、「私は貴方に養生の方法を説明しましたが、今度は、死んだ人をあの世に送る方法（葬式の方法）は如何するのですか。」と尋ねましたので、晏平仲は、「死んだ人を送る方法は簡単ですよ。今更、何をお話することが有りましょうか。」と言いました。管夷吾は、「私は本当に死んだ人を送る方法を聞きたいのですよ。」と申しました。晏平仲は、「もう死んでしまったのならば、どうして私に責任が有りましょうか。死体を焼いてもいいし、死体を水に沈めるのもいいし、死体を土に埋めるのもいいし、死体を野外に放置してもいいし、薪を被せて溝に棄ててもいいし、上等の衣服を着せて石の棺に納めてもいいのです。ただ其の時の都合によります。」と言いました。管夷吾は鮑叔と黄子とを振り返って、「私と晏平仲さんとの二人の話で、生と死との事は言い尽したよ。」と言いました。

子産（公孫僑）は鄭の国の重臣でした。国の政治に携わって三年経つと、善人は子産の教化を受け容れ、悪人は子産の禁令に恐れて従いました。鄭国はそれで良く治まり、他国の領主たちは鄭国を憚っていました。所が、子産に兄が有って公孫朝と言い、弟が有って公孫穆と言いました。兄の朝は酒が好きで、弟の穆は女性が好きでした。朝の部屋には、酒を一千鍾（一鍾は約五〇リットル）ほど置いてあり、麹を積んで小高くなっているほどでした。門の手前の百歩ほどの所まで来ると、酒の匂いが鼻に漂って来ます。兄の朝にとって酒を飲んで乱れている時は、世の中が安泰であるのか危い状況なのか、自分に後悔することが無かったか、妻子が有ったか無かったか、親戚は親しいか親しくないか、生存の楽しみと死去の悲しみが分らなくなって、洪水や火災が目の前に有っても、敵兵が刀を目の前に振りかざしても、何も分らなくなっています。

弟の穆（ぼく）の家の裏には、女性の為の部屋が数十も並んでいましたが、どの部屋にも年の若い美しい女性を住まわせていました。穆は女性と会うのに夢中になると、家人などを退けて、友人との交際も止（や）めて、家の裏の女性の部屋に逃げ込んで、昼間も夜の延長の様にして、三ヶ月経つと一回顔を見せましたが、まだ満足していない様子でした。村里（むらざと）に結婚前の少女の美しい子がいると、必ず支度金（したくきん）を出して、その子を招き、仲人（なこうど）に二人の仲を取り持って貰って其の少女に挑（いど）んで、それでも相手にしてくれなければ其れで止（や）めました。

子産は昼も夜も兄弟の行状を心配して、こっそりと鄧析（とうせき）の所へ行って、相談して、「私（公孫僑（きょう））が聞いている言葉に、自分が正しい道徳を身につけてから、家庭にも正しい道徳を及ぼし、家庭が斉（ととの）えられてから、国が治まるのだ、と。此れは身近かな所から、遠くへ及ぼして行くことだと思います。私は国の政治に携（たずさ）わって国が良く治まっていますが、家庭の秩序は乱れております。私の考え方が間違っているのでしょうか。今、どの様な方法で兄と弟を救えるのでしょうか。貴方(あなた)、どうか教えてください。」と言いました。鄧析は、「私は貴方の兄弟に就いて、長い間、おかしいとは思っていましたが、私の方から先に其の問題を言わなかったのですよ。貴方は如何(どう)して兄弟が酒色に溺れていない時に、天から与えられた性質が大切なことを喩(さと)し、礼儀が尊ばれなければならないと教えてやらないのですか。」と言いました。

子産(しさん)が鄧析(とうせき)の言葉を受け容(い)れて、時間が空(あ)いた時に、其の兄弟に面会して、「人間が鳥や獣(けだもの)よりも貴い理由は智慮(ちりょ)（知恵と考え）が有るからです。智慮によって行動するのは礼儀です。礼儀が行なわれると名誉と地位が得られるのです。もしも情欲に耽(ふけ)って行動し、嗜好(しこう)や欲望に夢中になっているならば、天から与えられた性質を危くしますよ。貴方たちが私の言葉を聞いて、朝(あさ)に後悔するならば、夕方には立派な地位が得られますよ。」と言いますと、兄の朝(ちょう)と弟の穆(ぼく)とは、「私たちは昔からそんな事は知っているし、昔からそんな生活をして来たのだよ。どうしたって君が話してから後(のち)に知ったことではないよ。そもそも生命を得ることは難しいことだが、死はすぐにもやって来るものだよ。得ることが難しい生命の中で、すぐにもやって来る死を待つということは、よくよく考えて見たい事だ。

それなのに礼儀を大事にして人々に見せびらかして、感情や本性を抑えつけて名誉を得たいと願っているのだ。私たちは、そんな事をするよりは、死んだ方がましだと思っているのだよ。一生涯の歓びを残らず味わい、現在の快楽を窮めようと願っている為に、ただ腹が一杯になり、口から呑むのを思い通りにすることが出来ず、体力が疲れてしまって情欲を女性の為に思い通りにすることが出来ないことを心配しているのだよ。名声が醜いとされたり、天から与えられた生命が危いという事を心配している暇など無いよ。その上、君は国を治めるという能力で何に対しても誇り、お説教の言葉で私たちの心を乱そうとして、栄誉や俸禄によって私たちの心を喜ばせようとしているが、それは又、下品な話で憐れまないでは居られないね。私たちは君の為に物事の是非（正しさと誤り）とを教えて上げよう。そもそも自分以外の物を治めようとする者は、物がまだ必ずしも治まらなくて、自分自身が色々と苦労し、自分自身を正しく生きようとする者は、物がまだ必ずしも乱れることが無く其の身の生活が色々と安楽になっているのだよ。君が自分以外の物を治めようとするならば、其の方法は暫くの間、国全体に実施されることだろう。しかしまだ人間の心に適合するものではないよ。私たちの自分自身の心を正しく整える方法ならば天下（世界）

に広めてもいいものだよ。君主だの家臣だのという制度も無くなるさ。私たちは、いつも此の方法で君に言って聞かせようとしているのに、君は却って自分のやり方で私たちに教えようとするのかね。」と言いました。子産は茫然として、返事も出来ませんでした。

その後、子産は鄧析に此の兄弟の言葉を報告しました。鄧析は、「貴方は真人（宇宙の法則を悟った人）と一緒に暮していて、気がつかなかったのですか。誰が貴方を智力のすぐれた人と言ったのでしょうか。鄭の国が治まっているのは偶然ですよ。貴方の功績ではありませんね。」と言いました。

衛の国の端木叔は、子貢（端木賜）の子孫です。其の先祖が遺した財産で、家に莫大な財産が有るため、世の中の仕事などはせずに、自分が思った通りのことを為たい放題やっていました。世の人々が為ようと思っている事や、人々が手に入れたいと思っている事で、端木叔が為なかった事や手に入れ無かった事は有りませんでした。宏壮な墻屋（垣根と邸宅）台榭（高い建物）、園囿（庭園）池沼（いけやぬま）、飲食（飲食物）車服（馬車や衣服）、声楽（歌や音楽）嬪御（側仕えの女性）など、斉国や楚国の君主に並ぶ程でした。端木叔は、その心に気に入ったもの、耳で聴きたいと思ったもの、目で視たいと思ったもの、口で味わってみたいと思ったもの等に至っては遠い外国のもので、中国本土では生産や飼育されていない物だとしても、必ず其れを手に入れ無いことが無いのは、まるで国内の物を手に入れる様でした。端木叔が旅に出ようとする時は、険しい山や大きな河が有っても、どんな遠い道のりでも、必ず行かないことが無く、まるで人が近くに行くのと同じ様な様子でした。もてなす客は、邸の内に毎日、何百人も有り、厨房の中では料理のための火や煙が途切れることが無く、表座敷では、歌や音楽が絶えず演奏されていました。衣食住に充てた費用の残りは先ず親類縁者に分け与え、親類縁者に充てた費用の残りは、次に村里に分け与え、村里に充てた費用の残りは、国中にバラ撒いたのでした。端木叔は六十歳になって、元気だった体力が衰えようとした時に、その家の仕事を止めて、其の蔵に有った珍しい宝物や馬車や衣服や側仕えの女たちなど、すべてを放出してしまいましたが、一年間で此れ等の物は無くなって、子孫のために残す物は何も無くなりました。端木叔が病気に成った時には薬を買うための貯金も無く、死去した時には葬式を出す費用も有りませんでした。国中の人で端木叔から施しを受けたことの有る人達がお金を出し合って葬式を出しました。

端木叔の子孫に端木叔から受けた施しを返したのでした。

禽骨釐（墨子の門人）は以上の話を聞いて、「端木叔は気違いだね。其の先祖（子貢）の名誉を汚してしまったのだ。」と言いました。

魏の国の学者の段干生は端木叔の事を聞いて、「端木叔は達人（道徳の本源を会得した人）ですね。その人格は、先祖の子貢を超えています。彼が行動する事や成し遂げる事は世間の人々の驚く事であり、その上、宇宙の法則を会得している人が選んだ生き方なのです。衛の国の君子（人格者）たちには、礼儀や教養を身につけていると信じている人が多いのですが、勿論、端木叔の心を理解する程の力は有りませんね。」と言いました。

魯国の孟孫陽が先生の楊子（楊朱）に、「或る人が、自分の生命を大切にし、身体を大事にして、不死（死なないこと）を願っていたとしたら、そう出来るでしょうか。」と尋ねました。楊子は、「不死という道理は無いね。」と答えました。孟孫陽が「それでは久生（長生き）を願ったら、そう出来るでしょうか。」と言うと、楊子は、「久生という道理は無いね。生命は大切にしたからと言って、存続できるものではないし、身体は大事にしたからと言って元気でいられるものではないよ。それに、長生きして如何(どう)しようと言うのかね。五情(じょう)（耳・目・鼻・口・肌で感じるもの）による好き嫌いは、昔も今と同じ様だったし、四体（両手両足）が安全か危険かということは、昔も今と同じ様だったし、世間一般の出来事の苦しみや楽しみも昔も今と同じ様だったし、世の中の移り変りや平和や争乱も、昔も今と同じ様だったのだ。今迄に此の事を聞き、此の事を見て、此の事を経験し、百年間にその様な事柄(ことがら)が多いのが厭(いや)になってしまう。まして長生きして其の様な事柄に苦しめられるのは御断(ことわ)りだね。」と言いました。孟孫陽は、「もしもそうだとすると、早く死ねるのが長生きするより良(い)いという事になりますね。つまり刀で自殺したり、熱湯や火の中に入って死ねば、願った通りに成りますね。」と言いましたが、楊子は、「そうではない。もう生れたからには、そのままに生きるのにまかせ、其の気持がしたい通りにしながら死ぬのを待つのだ。いま死ぬという時になったら、そのまま死ぬのにまかせ、その成り行きにまかせて、命が尽きるまでの事だ。そのままにしない事無く、成り行きに任(まか)せない事も無い。どうして急に早いの遅いのと言うことが有るだろうか。（自然の成り行きに任せるべきだ）。」と言いました。

楊朱は、「伯成子高（堯の時の領主）は、一本の髪の毛が他人の為に成るにしても抜くことをせず、後に領地を捨てて（領主を退き）、世間に身を隠して農耕に従事しました。大禹（夏の国を建てた王）は自分の身体を自分の為に使わず（人々の為に使って）、半身不随と成ってしまいました。昔の人は、一本の髪の毛を抜いて天下（世の中）の役に立つことが分っていても、髪の毛を抜くことをせず、天下の隅々まで自分に捧げられるという時も受け取らずに、人々は一本の髪の毛を抜かず、人々は天下の為になることもせず、天下が良く治まっていました。」と言いました。

禽子（禽骨釐）が楊朱に尋ねて、「貴方が身体から一本の毛を抜いて、それで世の中を済うことが出来るとしたら、貴方はそうしますかね。」と言いましたので、楊朱は、「世の中は、もともと一本の毛で済うことは出来ませんよ。」と言いました。禽子は、「もし済えるとしたら、そうしますか。」と言いました。楊子は答えませんでした。

禽子は出かけて行って孟孫陽（楊朱の門人）に此の話をしました。孟孫陽は、「君は、先生の御気持が分らないのですね。私に此の事を説明させて頂きましょう。君の皮膚を切り取れば万金（莫大な金額）が手に入るとしたら、君はそうするかな。」と言ったので、禽子は「致しますよ。」と答えました。孟孫陽は、「君の骨の一節を切り取れば国を一つ貰えるという話が有ったら、君はそうするかな。」と言いますと、禽子は返事もせず黙り込んでいました。暫くして孟孫陽は、「一本の毛は皮膚よりも微小な物だし、皮膚は骨の一節よりも微小な物だとは、はっきりしています。然しながら一本の毛が積み重なって皮膚となり、皮膚が積み重なって、骨の一節と成っています。一本の毛にしても、もともと身体の中の何万分の一の物です。どうして其れを軽々しく考えていいでしょうか。」と言いました。

禽子は、「私は貴方に御答えすることが出来ません。ですけれども、貴方の御言葉を、老聃（老子）や関尹にお尋ねしたら、貴方の御言葉は正しいとされるでしょう。私の言葉を大禹や墨翟に尋ねたら、私の言葉が正しいとされるのではないでしょうか。」と言いました。

孟孫陽は禽子の言葉を聞くと、其の仲間たちを振り返って、仲間たちと違う話を始めました。

楊朱は次の様に言っています。

天下（世の中）で栄誉を讃えられるのは、虞の舜・夏の禹・周公・孔子で、天下で悪逆を謗られるのは、夏の桀・殷の紂です。そうでありますが、舜は河陽の地で農耕に従事し、雷沢の地で陶器を制作し、手足を少しの間も休めることが出来ず、口や腹に美味しい料理を味わうことも出来ず、父母からは可愛がられず、弟や妹と親しくも成れず、三十歳になって親の許しも得ずに結婚し、堯（天子）から位を譲られてからは、年齢も長じていたし、智力も衰えていたのでした。子供の商鈞は才能に乏しく、天子の位を禹に譲って、心を痛めながら世を去ったのでした。此れは天下の人々の中でも最も苦しみ難んだ人と言うべきでしょう。

鯀（禹の父）は、河川や陸地の管理をしていましたが功績が無く、天子の舜は、鯀を羽山の地で処刑してしまいました。禹は父の仕事を引き継ぎ、父の仇（舜）に仕えることと成り、治水や土木工事に励んで、子供が生れても可愛がる時間も無く、自宅の門の前を通っても家に立寄ることも無く、身体は半身不随となり、手足には、あかぎれやたこが出来てしまいました。天子の舜から位を譲られると、宮殿を質素なものにして、礼服は立派な物とし、憂え苦しんで此の世を去ったのでした。此れは天下の人々の中でも最も苦しみ難んだ人と言うべきでしょう。

武王が世を去った時、成王はまだ幼かったので、周公は天子に代って政治を代行することになりましたが、邵公はそれが不満でありました。それで四ヶ国で事実無根の噂を広めたのでした。周公は東方の国に三年間も滞在していました。そして遂に兄の管叔を殺し、弟の蔡叔を追放して、漸く身の災難を逃れて、憂い苦しみつつ世を去ったのでした。此れは天下の人々の中でも最も身の危険を恐れていた人と言えましょう。

孔子は帝王のあるべき姿を明かにしていましたので、当時の君主から招かれましたが、宋国の司馬桓魋が孔子を殺そうとして孔子の背後の木を伐り倒したり、衛国では孔子が跡をくらまして身を隠したり、商周の旧地の匡では陽虎に間違えられて囚えられたり、陳と蔡との境では両国の大夫が指し向けた軍隊に取り囲まれ、魯の国の大夫の季孫氏から辱しめを受けたり、陽虎からも辱しめを受けたり、憂い苦しみつつ世を去ったのでした。此れは天下の人々の中でも迫害されていた人と言えましょう。

そもそも以上の四人の聖賢（舜・禹・周・孔）は、生きている時には一日の歓びも無く、死んでから万世（一万年の後の時代）に伝わる様な名声が残っています。ただ名声はもともと実体が伴うものではありません。その名声を讃えた所で本人には分りません。〔その名声を賞めた所で本人には分りません。〕本人にとって名声は木の切り株か土の塊りの様な物です。

夏の桀王は、先祖代々の財産を受け継ぎ、天子の尊い位に就いていて、智力は家臣たちの諫めを退けるほどの力量で、夏の国の国力は天下の諸領主を威圧するのに十分であったし、耳で聴き目で見る物の楽しさを思う存分味わい、自分がしたいと思うことはすべて実行して、楽しみ尽して世を去りました。此れは天下の人々の中でも我が侭放題に生きた人と言えましょう。

殷の紂王も、先祖代々の財産を受け継いで、天子の尊い位に就いていて、天子としての威力が行なわれない事は無く、自分の気持に従われない事など無く、情欲を豪華な宮殿の中で思う存分に発散し、欲望を夜通しの宴会で成し遂げて、礼儀などで自分の行動を制約したりせず、楽しく生活して、その罪を責められて滅されてしまったのでした。紂王は、天下の人々の中でも勝手放題に生きた人と言えましょう。桀王と紂王の二人は、生きている間は自分の思い通りに行動した歓びが有りましたが、死んでから愚かな暴君という評判を受けています。実は、本来、名声が関係していることではありません。対象になる人を批判しても関り無く、その人を攻撃しても関りが有りません。批判や攻撃を受ける人は何も分らないのですから、木の切り株や土の塊と同じ様なものです。あの四人の聖賢は、立派な評価を受けているとは言え、苦しんで人生の終末に至った人達で、桀・紂と同じ様に世を去っています。桀・紂の二人の悪人は、悪行が集まっていると批評されますが、楽しい生活をして世を去っており、四人の聖賢と同じ様に最後は死んで行ったのです。

楊朱が梁王（梁の恵王）に御目にかかって言うには、「天下（世の中）を治めることは、それを手の平の上で転がす様に簡単な事ですよ。」と申しました。梁王は、「先生は一妻（一人の妻）と一妾（一人の側室）が有るのに、二人をうまく扱えないではありませんか。三畝（一畝は三十坪）の畠が有るのに草刈りも出来ていないではありませんか。それなのに、天下を治めることは手の平の上で転がす様に簡単な事だとは、如何してですか。」と言いました。楊朱は答えて、「王様は、あの羊飼いを御覧になった事は有りませんか。百匹の羊が有って群れていても、五尺の童子（小柄な少年）に笞を持たせて、羊たちに少年に従わせるならば、東に行かせようとするならば羊の群は東に行き、西に行かせようとするならば羊の群は西に行きます。もしも天子の堯に一匹の羊を牽かせ、天子の舜に笞を持って其の後からついて行かせたら、多分、羊は前に進まないことでしょう。それに、私は此の様な言葉を聞いています。『呑舟の魚（舟を呑み込む程の大きな魚）は、枝流（支流の小さな流れ）では遊泳しない。鴻鵠（大きな鳥）は高い空を飛んでいて、小さな池などには集らない。』と。何故ならば、其の目標が遠い所にあるからです。黄鐘とか大呂などの音楽の調子は、細かに動く舞踏の伴奏には成らないと言います。何故ならば、黄鐘や大呂の曲の音の動きが大まかだからです。今や大きな事業を成し遂げようとする者は、小さな事には関らず、大きな功績を挙げようとする者は、小さな仕事はしないのです。」と言いました。

楊朱が言うには、「大昔の事は、滅んでしまいました。誰も記憶している人は有りません。三皇（伏羲・神農・黄帝）の事は、実在していた様でもあり、実在しなかった様でもありますし、五帝（少昊・顓頊・帝嚳・尭・舜）の事は、目が覚めている様な、夢を見ている様でもあり（はっきりせず）、三王（夏の禹・殷の湯・周の文王）の事は、場合によっては明確でなかったり、場合によっては明確だったりして、億に一つも分りません。現代の事は、場合によっては聞いたり、場合によっては見たりしていますが、万に一つも分りません。目の前の出来事は、場合によっては記憶し、場合によっては忘れてしまいますが、千に一つも分りません。大昔から今日に至るまでの年数は、数え切れない程です。

伏羲の時代から今まで三十余万年ですが、賢愚・好醜（立派なことと醜いこと）・成敗（成功と失敗）・是非（正しいことと不正）など、消滅しないものは無いのです。ただ速いか遅いかの差が有るだけです。一時的な毀誉（そしりや誉れ）を自慢したりして、其の精神や身体を焦ったり苦しめたりして、死後数百年ぐらいの名誉を欲しがった所で、朽ち果てた骨を潤しても、どれ程、生きて楽しむことに及ぶでしょうか。」と。

楊朱が言っていますが、「人間は天地万物と同じ様に、五常（五行）の性質（金・木・水・

火・土）を内部に持っています。生命を有する物の中で最も神秘的な力を持つ物は人間です。人間という者は、爪や歯は其れで身を守る程には十分でなく、身体の皮膚は其れで敵を防ぐには十分でなく、走ることは其れで利益を得るためや害を避けるために走る程には十分でなく、身体に寒さ暑さを防ぐための毛や羽も無く、必ず自分以外の物の力を借りて生命を養うことを試みて、智力に任せて、体力を頼りにしていません。その為に、智力が大切にするものは、自分が存在していることが大切な事だとし、力を軽く視るのは力で物を侵すことを軽く視るからです。そうして、身体は自分の所有物ではありませんが、もう生れて来たからには、身体を完全に保たないわけには行きません。物は自分の所有物ではありませんが、もう手に入れた以上は、此れを捨ててしまうことは出来ません。身体は、本当に生命を支配するものですし、物は又、健康を維持することを支配しています。生命や身体を完全な状況に置いたとしても、其の身体を所有することは出来ません。物を捨ててしまわなくても、其の物を所有することは出来ないのです。其の物を所有し、其の身体を所有するという事は、此れは勝手に此の世の身体を自分の所有とし、勝手に此の世の万物を自分の所有物とすることになります。そもそも聖人（最高の人格者）だけが此の世の身体を公共の物とし、此の世の万物を公共の万物としています。そうしているのは至人(道を窮めた人)です。つまり道を窮めて道を窮めた人と言うのです。」と。

楊朱が言っていますが、「生民(一般の人民たち)が心を休めることが出来ないのは、四つの事がらが原因だからです。一つは寿(長生き)の為、二つ目は名(名誉)の為、三つ目は位(地位)の為、四つ目は貨(財産)の為です。此の四つが有る為に、鬼(亡霊)を怖がり、他人を怖がり、権力を怖がり、刑罰を怖がるのです。こういう人を遁人(自然な本性から逃げている人)と言います。そういう人を殺したり生かしたりする運命を制約しているのは外部の力なのです。運命に逆らおうとしなければ、どうして他人の長生きを羨しがることが有りましょうか。身分が高いことを誇らしく思わないならば、どうして他人の名誉を羨しがることが有りましょうか。権力を手に入れたいと思わなければ、どうして他人の地位を羨しがることが有りましょうか。財産を無暗に欲しがらなければ、どうして他人が富豪であることを羨しがることが有りましょうか。こういう人を順民(自然な本性に従順な人)と言います。天下(世の中)に彼等と対立するものは無く、自分の運命を支配するものは自分自身の内に在るのです。それで此の様な言葉が有ります。「人は、結婚や仕官をしなかったら愛情や欲望の半分を失ってしまうし、人は、衣服を着たり食事したりしなかったら君主や家臣の関係も無くなるだろう。」と。

　周の国の諺に言っていますが、「農民の男は、仕事をさせなければ殺す事が出来ます。朝早く仕事に出かけて夜に家に帰り、自分でその生活が生れつきの事だと思い、豆類を食べたり豆の葉を茹でて食べたりしながら、自分で最高の美味だと思っているのです。農夫の服や肉は荒れて厚ぼったく、筋肉や関節はふしくれ立っています。ひとたび、その農夫を毛皮を敷き絹の帳（カーテン）の寝床に寝かせて、上等の肉料理や香りの良い果物などを提供すると、心は疲れて身体はだるくなって、体温は上昇して、病気になってしまうことでしょう。

　宋国や魯国の君主に、農夫と同じ広さの土地を与えて仕事をさせたならば、僅かな時間働いただけで疲れてしまうでしょう。だから、田舎者にとっては、自分たちが安楽に暮している所で、自分たちが美しいとする所は、天下（世の中）に此れ以上のものは無いと思っているのです。

昔、宋の国に農民がいましたが、いつも破れた布子（綿入れ）を着て、それで何とか冬を過し、春の太陽が東から上って来る様になると、自分を春の太陽に曝して農作をしました。世の中に大きな家や暖かな部屋や綿入れの着物や狐や貉の皮衣が有ることを知りませんでした。自分の妻に向って、「太陽の暖かい日ざしを背中に受けることを、世間の人は誰も知らない様だ。其の事を殿様に申し上げたら、たっぷり御褒美を頂けるのではないか。」と言いました。その村里の金持ちが、此の男に「昔、或る者が戎菽（豆類）や甘枲（野草）や芹萍子（水草）が美味しいと思ったので村の顔役に対して其れ等の食材を賞めたたえました。そこで顔役が其の食材を取り寄せて口にしたところ、口の中を刺す様な味で腹工合も悪くなり、人々は其の事を知って笑い、顔役は其の男を恨みました。食材を勧めた男は大そう恥をかいたと言います。貴方は此の男と同類ですな。」と言いました。

楊朱が言っています。「豊屋（立派な邸宅）・美服（上等の衣服）・厚味（美味しい料理）・姣色（美しい女性）、此の四つが有ったならば、その他に何を求めましょうか。此の四つが有るのに、まだ他に何かを求めるのは、何にも満足しない性格です。何にも満足しない性格は、陰陽の釣り合いが取れている肉体を蝕む害虫なのです。」と。

忠（真心を尽す）は、それで主君を安全にするには不十分であり、もしかすると自分の身を危くするのに十分なものです。義（正しさ）は、それで物に利益を与えるには不十分であり、もしかすると自分の生命を害するのに十分なものであります。主君を安全にするのに忠に頼らなければ忠という名称は無くなるし、物に利益を与えるのに義に頼らなければ、義という名称は無くなり、主君も家臣も、皆、安定した生活となり、物と自分とが互いに利益を与え合うという状態は、昔の人々の世の中の道徳であったのです。

鬻子（名は熊）は、「名誉にこだわらない者には悩みは無い。」と言っています。老子は「名誉は実体に伴っているものだ。」と言っています。

それなのに世間の多くの人々は、名誉を得ることに夢中になっています。名誉というものは本当にこだわらずに済むものでしょうか。名誉は本当に実体に伴わないで済むものでしょうか。現在、名誉が有れば尊敬され栄達し、名誉が無ければ人から卑く見られ恥かしい目に合わされます。名誉が有れば尊敬を受けて安楽な生活を送り、名誉が無ければ悩み苦しむ生活に成ります。悩み苦しむということは、人の本性を侵害するものです。安楽な生活は人の本性に順調に従うものです。此れは実質の関わる所のものです。名誉はどうして拘わらないことが出来ましょうか。名誉はどうして実体に伴わないものに出来ましょうか。ただ、名誉を守るために実体を傷つけることは排斥したいものです。名誉を守って実体を傷つけるならば、危険や滅亡から救い出すことが出来なくなるのが心配です。それは安楽な暮しや悩み苦しみという段階の問題だけではなくなるでしょう。

説符（せつぷ） 第八

〔註〕説（せつ）は至言（立派な言葉）。符（ふ）は合う。天と人との結び付きという意味。

列子先生は、壺丘子林（こきゅうしりん）先生に就いて学んでいました。壺丘子林先生が、「貴方（あなた）が謙虚に人の後（あと）から行くならば、貴方は自分の身を修養することが出来ると言えますよ。」と言いました。列子は、「どうか人の後（あと）から行くことに就いて教えて下さい。」と言うと、壺丘子林は、「君の影を振り返って見れば、それが如何（どう）いう事か分かりますよ。」と言いました。列子が振り返って自分の影を見ると、身体（からだ）の形が曲れば影も曲り、身体の形が真直（まっす）ぐになると影も真直ぐになります。影が曲ったり真直ぐになるのは身体の形に随ってそうなるので、影が真直ぐになったり曲ったりするのではありません。人の環境が困窮したり順調であったりするのは、身を取り巻く外物に因（よ）るもので自分の責任ではありません。此の事は、人の後（あと）から行くので、物はいつも自分の先に居ることになります。

関尹が列子先生に言うには、「言葉が美しければ言葉の響きも美しく、言葉が汚ないと言葉の響きも汚なくなります。身長が高ければ影も長く、身長が低ければ影も短くなります。名誉は響きの様なものです。行為は其の人の影の様なものです。だから「貴方の言葉を慎しみなさい。すぐに貴方の言葉に同調する人が有るでしょうから。貴方の行動を慎しみなさい。すぐに貴方の行動に随う者が有るでしょうから。」と言われています。こういう事で、聖人（最高の人格者）は、言葉が出るのを見て其の結果を理解し、人の行動を見て其の未来の状況を理解するのです。此れは聖人が物事を理解する方法なのです。物事の判断は自分の身を基準にしますが、自分を評価するのは他人です。他人が自分に好意を寄せれば、自分は必ず其の人に好意を寄せ、他人が自分を憎めば、自分は必ず其の人を憎みます。殷の湯王や周の武王は天下（世の中）の人々を愛したので、王と成りました。夏の桀王や殷の紂王は天下の人々を憎んでいました。だから滅亡してしまいました。此れは他からの推測の結果です。推測や批判が明かであるのに正しい道に従わないのは、譬えて見ると、出かける時に門から出て行かず、行く時は小道を通らない様なものです。こういう方法で利益を求めるとしたら、それは又、難しいことではないでしょうか。試しに、此の事を神農氏や炎帝の徳（人格）に就いて観察し、虞の舜・夏の禹・商の湯・周の武の書物に就いて考え、此の事を法制の研究や賢明な人々の言葉と照し合せると、存亡（存在と滅亡）・廃興（廃亡と興隆）の理由に、此の道理に合致しない場合は、まだ此れ迄に有りません。」と言っています。

厳恢という人が、「道徳を研究する理由は、金持ちに成る為ですよ。今、宝石が手に入ったなら金持ちに成りますね。どうして道徳を研究する必要が有りましょうか。」と言いました。列子先生は、「夏の桀王や殷の紂王は、ただ利益を大切にして道徳を軽く視ていました。それで滅亡しました。ちょうど良かった。私はまだ君に話してなかったね。人間であるのに道義（道徳と正義）を知らなければ、ただ飯を食べているだけですが、それでは鶏や犬と同じですね。食べ物を争い、力ずくで相手と争い、勝った者が相手を制圧するというのは、鳥や獣と同じですね。鶏や犬や鳥や獣と同等の身ですが、それなのに他人が自分を尊敬するように願うのは無理でしょう。他人が自分を尊敬してくれなければ、危険や恥辱が身に迫って来ますよ。」と言いました。

　列子が弓を射ることを練習していましたが、的の中央にうまく当りました。そこで関尹子に其の出来栄えの評価を御願いしました。関尹子は、「貴方は、貴方が的中させた理由を知っていますか。」と言うので、列子は、「知りません。」と答えました。関尹子は、「それでは未だ駄目ですね。」と言いました。列子は関尹子の前を退いて、弓を三年間練習しました。それから又、関尹子に報告しました。関尹子は、「貴方は、貴方が的中させた理由がお分りになりましたか。」と言いましたので、列子は「分りました。」と答えました。関尹子は、「それは良かった。其の事を覚えていて忘れない様にしなさい。ただ弓を射ることだけではないのです。国を治めたり、身を修めたりする場合も、皆、弓を射るのと同じ事です。だから聖人（最高の人格者）は、世の中の存亡（存在と滅亡）の状況を考えずに、存亡の原因を考えているのです。」と言いました。

　列子が言っています。「容色が美しい者は他人を侮り、体力が充実している者は他人に自分の力を誇示します。どちらの人間に対しても道（人の守るべき道徳）に就いて語り合うことは出来ません。だから未だ白髪も無い様な若い人達には道に就いて語ることさえ失敗します。まして道を実行するという事に就いては無理です。だから自分が力を誇示すれば、他人は此の者を相手にする事が無く、他人が相手にしなくなれば、孤立するだけで、誰も助けてくれません。賢明な人は他人に任せるので、それで年老いても物事を処理する能力は衰えず、智能も衰えてはいるが、まだ物事をはっきりと判断できるのです。それだから国家を統治するのが難しいのは、賢明な人を知ることであって、自分が賢明だと思っている人のことではないのです。」と。

宋国の人で、其の国の君主の為に宝石で楮（こうぞ）の葉を造った者が有りました。三年かかって造り上げました。葉先や茎、葉の細かい毛や尖ったところ等、手が混んだ細工で、此れを本物の楮の中に混ぜて置いても、見分けることが出来ません。此の人は到頭細工の腕前が優れているという事で、宋国に給料を与えられ、召し抱えられました。

列子先生は此の事を聞いて、「天と地とが物を生み出す事をして、三年かかって一枚の葉を造っていたならば、色々な物の葉が有る物は少なくなっているだろうよ。だから聖人（最高の人格者）は自然の大きな道を頼りにしていて、智力や技巧などを頼りにはしないのだよ。」と言いました。

列子先生は貧乏で困窮し、顔を見ても空腹らしい顔つきでした。鄭の国の宰相を訪れた客の一人が列子先生の様子を見て、宰相の子陽に、「列禦寇は立派な人格を備えた人ですが、あなたの国に住んでいて暮しに困っていますよ。あなたは、立派な人格者を大事にしないと言われてもいいのですか。」と言いました。鄭国の宰相の子陽は早速、役人に食糧を列子に届けさせました。列子先生は玄関先に出て来て子陽からの使者を見て、丁寧に二度お辞儀をして、贈り物を辞退しました。

使者が帰って行き、列子先生は家の中に入りました。列子先生の妻は使者からの食料品を受け取らずに帰してしまった事を恨めしく思って、胸を叩きながら、「私は聞いているのですが、道徳を身につけた立派な人の妻や子供には安楽な生活が有るそうです。今、家族は空腹の生活をしています。宰相さんが、思いがけなく貴方に食糧を贈って下さったのに、貴方はお受けになりませんでした。それこそ宰相の好意ではなかったのですか。」と歎きました。列子先生は笑って、「宰相は自分が私を知っていたわけではないよ。他人の言葉で私に食糧を贈って来たのだ。もし私を罰するならば、又きっと人の言葉で私を罰するだろう。此れが私の受けなかった理由さ。」と言いました。其の後、人民たちが乱を起して宰相の子陽を殺してしまいました。

魯国の施氏に二人の子供が有りました。其の一人は学問が好きで、もう一人は軍陣の研究が好きでした。学問好きの子は、学術によって斉の殿様に仕えることを求めました。斉の殿様は願いを聞き入れて、斉の殿様の子供たちの家庭教師にしました。軍陣の研究が好きな子は、楚の国に行き、兵法に詳しいということで楚の殿様に仕えることを求めました。楚の殿様は此の者が気に入って、軍隊の長官に任命しました。そして施氏の子供たちの俸禄によって施氏の家は裕福と成り、官位や栄誉は其の親族の世間的な地位を輝かしいものにしました。

施氏の隣りの家の孟氏にも同じ様に二人の子供が有りました。二人の経歴も同じ様なものでしたが、貧乏な暮しに苦しんでいて、施氏の裕かな生活を羨しく思い、それで仕官や出世の方法などを尋ねました。

孟氏の子供の一人は秦（しん）の国に行き、学術によって秦の殿様に仕えることを求めました。秦の殿様は、「現在、諸国は勢力を争い合っていて、力を入れていることは、軍備と食糧政策だけなのだ。もしも仁義の教えで我が国を治めたならば、それは我が国が滅亡の道を辿ることになるのだ。」と言って、到頭（とうとう）、その男は宮刑（きゅうけい）（陰部を切り落す）の罪にした上で、追放してしまいました。もう一人の子供は衛（えい）の国に行き、戦術の専門家として衛の殿様に仕えることを求めました。衛の殿様が言うには、「我が国は弱い国なのだ。そして大国（たいこく）の間に挟（はさ）まれて存在している。大国に対しては我が国は服従し、小さな国に対しては安心して交際しているのだ。此れは我が国にとって安全な方法なのだ。もしも軍事力に頼ろうとするなら、滅亡することだろう。もしも此の男をそのまま帰したならば、他国に行って我が国の脅威となるに違いない。」と言って、此の男を刖刑（げっけい）（足首を切り落す）の罪にした上で、魯の国に帰らせました。

宮刑を受けた子供も刖刑を受けた子供も孟氏の許（もと）に帰って来ました。

孟氏の父親と息子たちは胸を叩いて施氏を責めました。施氏は、「すべて時機（良い運）を得た者は昌えるし、時機を失った者は亡びるのですよ。貴方たちの学問や戦術は私たちと同じなのに、結果は異なるのは、時機を失っているからです。貴方たちの行動が間違っていたのではありません。その上、天下（世の中）に永遠に正しい道理など無く、永遠に間違った事がらなどは無いのです。先日は用いられた物も今日は棄てられ、今日は棄てられた物も、後日に用いられたりします。此の事は、用いられたり棄てられたりすることに、決った是非（良し悪し）の基準は無いのです。時機にうまく乗じたり、良い時機を利用して、事に応じて変化することに一定の法則が無いので、智力の問題なのです。智力がもし足らなければ、貴方たちが、博く学問を孔丘（孔子）の如く身につけ、戦術を呂尚（太公望）の様に心得ていたとしても、どこに行っても困窮しないではいられませんでしょう。」と言いました。孟氏の親子は其の話に納得して、怒った様子も無くなって、「私は良く分りました。貴方は此れ以上言わないで下さい。」と言いました。

晋国の文公が軍隊を出して諸侯と一緒に衛国を討伐しようとしました。公子の鋤は、空を見上げて笑っていました。文公が、「何を笑っているのか。」と尋ねると、公子の鋤は、「私が笑っているのは、隣の家の人で、その妻が実家に帰るのを見送っていた人がいたのですが、途中で桑を摘んでいる女性を見かけ、嬉しくなって彼女と話し込んでいました。振り返って、見送って来た妻を見ると、手招きして話しかけている男が有ります。私は此の状況をこっそりと笑っていました。」と答えました。文公は其の言葉の意味を悟って、そこで出兵するのを止めて、軍隊を引き連れて戻りました。まだ帰り着かない中に、晋国の北部に侵略するものが有りました。

晋国は盗賊が多くて困っていました。郄雍という者がいましたが、盗賊の顔つきを見抜くことが出来て、眉と睫毛のあたりを見つめると盗賊の本心が分りました。晋国の殿様が彼に盗賊を摘発させたところ、数百人の中から一人も見逃さずに盗賊を言い当てました。晋国の殿様は喜んで、趙文子に、「私は一人の人間を用いることが出来て、国中の盗賊が居なくなったよ。何も盗賊退治に多くの人間を必要とすることは無いね。」と話しました。文子は、「殿様、取り調べを頼りにして盗賊を捕えても盗賊は無くなりませんよ。その上、郄雍は必ず普通の死に方は出来ませんよ。」と言いました。程無く、盗賊たちは相談して「我々が仕事が出来ないのは郄雍の所為だ。」と言って、到頭、皆で忍び込んで郄雍を殺してしまいました。晋の殿様は此の事を聞いて大そう驚いて、すぐさま文子を呼んで、文子に告げて、「やはり貴方の言葉通り、郄雍は死にました。それで、盗賊たちを捕えるのに、どんな良い方法が有るだろうか。」と言いました。文子は、「周の諺に、こう言っています。酷しく深い淵の魚を見ようとする者は不吉な目に遭うし、智力が有るからと言って隠れているものを探し出す者は、災難に遭う、と。それで殿様が盗賊が居なくなることを御望みでしたら、賢明な人を登用して、盗賊退治の任に当らせるのが宜しいでしょう。為政者が正しい生き方をはっきりと教え、その影響が人民たちの間に行なわれる様にして、人民たちが不正を恥じる心を持つ様に成れば、どんな盗みをするでしょうか。」と言いました。そこで随会を登用して政治の任に当らせましたが、それで盗賊たちは秦国に逃げて行きました。

孔子が衛の国から魯の国に帰る時、乗り物を河梁（呂梁）に止めて一休みして辺りを見ていました。大きな瀧が有りましたが、その高さは三十仭（一仭は約二メートル）も有り、瀧から流れ出た急流は九十里も有りました。魚や鼈（すっぽん）も泳ぐことが出来ませんし、黿（青海亀）や鼉（鰐の一種）も棲むことが出来ない程の急流です。一人の男が、ちょうど今、此の急流を泳いで渡ろうとしていました。孔子は人を遣って、岸に沿って此の男が泳いで渡ろうとするのを止めて、「此の瀧は、高さが三十仭も有り、急流は九十里も有り、魚鼈も泳ぐことが出来ないし、黿鼉も棲むことが出来ないのですよ。恐らく渡り切るのは難かしいのではありませんか。」と言いました。其の男は、それでも何とも思わずに、到頭、河を渡り切って岸に上って来ました。孔子は其の男に、「泳ぎが上手ですね。何か特別な学問や技術を修得しているのですか。河に入って河から出て来た理由は何ですか。」と尋ねました。其の男は、「私が始め水に入る時は、何よりも忠信（真心と堅実さ）の気持で入りますし、私が水から出ようとする時も又、忠信の気持に従います。忠信という気持で私の身体を河の流れの波間に置いて、私は決して私自身の損得を考えたり致しません。河の中に入って、また河の中から出られる理由は、こういう事です。」と答えました。孔子は門人達に、「君たちは此の言葉を記憶しなさい。水に対してさえ、やはり忠信（真心と堅実さ）にして、身体を誠実にすることで、水と親しむことが出来るのです。況して人間に対しては尚更なのですよ。」と言いました。

白公（楚国の大臣）が孔子に尋ねて、「人は誰かと内緒話ができますか。」と言いましたが、孔子は返事をしませんでした。白公は又尋ねて「もし石を水の中に投げ込んだら如何なりますか。」と言いますと、孔子は、「呉の国の水に潜るのが上手な者が、石を取ることが出来ますよ。」と言いました。白公は、「もし水を水の中に投げ込んだら如何なりますか。」と言いますと、孔子は、「淄水と澠水の二つの河の水が混っているのを料理人の易牙は舌で舐めて其の区別を知りましたよ。」と言いました。白公は、「それでは人は密談など出来ないのですね。」と言いましたが、孔子は、「どうして出来ないことが有りましょうか。ただ、言葉を発する理由を知っている者でしょうか。そもそも言葉を発する理由を知っている者は、言葉で口に出して言ったりはしないものです。魚を捕えようとしている者は衣服を水に濡していますし、獣を追いかけている者は走っていますが、水に衣服を濡らしたり、獣を追いかけて走っているのは、そういう事を楽しんでいるのではありません。至言

（最も深い意味の言葉）は、口に出す言葉ではなく、至為（最も深い意味の行為）は、行動する行為ではないのです。浅はかな知識の者が争っているのは、事物の表面的な現象に過ぎないのです。」と言いました。その後、白公は自分を抑えることが出来ず、最後は浴室で自殺してしまいました。

趙襄子（晋国の重臣）が新稚穆子（襄子の家臣）に翟（狄）を攻撃させました。翟の部族に勝って、左人と中人という土地を占領し、遽人（伝令）に此の事を報告させました。報せが届いた時、襄子はちょうど食事中でしたが、何か心配気な様子でした。側仕えの者たちが、「一日で二つの城を攻め落したのですから、此れは人の喜ぶ結果です。今、殿様は心配そうな御顔つきですが、如何してでしょうか。」と言いますと、襄子は、「あの揚子江や黄河の大河の水が溢れるほど漲っていても三日もすれば元に戻るし、暴風や暴雨は朝の間だけの事なのだ。太陽が真南に来るのはほんの瞬間に過ぎないのだ。今、趙国の君主の徳行（立派な人格による行為）が積み重なるという程でもなく、人民に恩恵を施すことも少ないのに、一日で二つの城を攻め落したのだから、もしかすると敗北や滅亡が私たちの身の上に及ぶのではないかなと思うのだよ。」と言いました。
孔子は此の話を聞いて、「趙氏の国は栄えるだろうよ。そもそも、心配するという事は繁栄する原因なのだよ。喜ぶという事は滅亡する原因なのだ。勝つということは、それ程困難では無いが、勝利を維持するのは難しい事なのだ。賢い(かしこい)君主は、こういう事で勝ちを維持しているのだよ。だから其の倖せ(しあわせ)は後世にまで及んでいるのだ。斉(せい)・楚(そ)・呉(ご)・越(えつ)の国は、以前に皆、勝った国々だが、それでも最後に滅亡してしまったのは、勝利を維持することに十分でなかったからだ。ただ有道(ゆうどう)（立派な人格を備えている）の君主だけが、勝利を維持することが出来るのだよ。」と言いました。

孔子は力持ちであったので、国の城門の閂(かんぬき)を持ち上げられましたが、決して力持ちであることを見せませんでした。墨子(ぼくし)は攻めて来るのを防ぐ力が有って、公輸般(こうしゆはん)が攻め切れずに屈服しましたが、墨子は決して戦術家としては知られませんでした。だから勝利を維持できる者は、強いけれども弱い様な態度を見せているのです。

宋国の人で、仁義（正しい道徳）を大切にしている人が有りました。三代にわたって仁義を守っていました。其の家で飼っていた黒牛が、理由も無いのに白い子牛を生みました。そこで孔子に如何いう事でしょうかと尋ねました。孔子は、「此れは御目出度い御告げですよ。白い子牛を御供えして上帝（天の神様）を御祭りしなさい。」と言いました。それから一年経って、其の家の父親が理由も無く目が見えなくなり、其の家の黒牛が又、白い子牛を生みました。其の家の父親は再び其の子に孔子に意見を聞かせにやりました。其の子は「前に孔子に尋ねて、お父さんは目が見えなくなりました。また孔子に尋ねるのですか。」と言いましたが、父親は「聖人の言葉は、前に当っていなくても、後には当るものだよ。今占って貰うことは、まだ終っていない事だから、取り敢ず又尋ねて来なさい。」と言いました。そこで子供は又、孔子に尋ねました。孔子は、「此れは御目出度い御告げです。」と言って、其の子に教えて再び上帝を祭らせました。其の子は帰って来て報告しました。其の父親は、「孔子の言う通りにしよう。」と言いました。それから一年経って、其の子も理由も無く目が見えなくなりました。

其の後、楚国の軍隊が宋国に攻め入って、町を包囲しました。宋の人達は囲まれて、食糧に乏しくなり、子供を取り換えて殺して、その肉を食べたり、死体を切り裂いて其の骨を薪の代りとしました。元気の有る若者たちは町を取り巻く城壁に上って戦い、町民の殆んどが命を失いました。此の目の見えない親子は、親子とも病気だからという事で、すべての責任を免れて、町の包囲が解けると、目が見えなかった病気も治ったのでした。

宋国に蘭子（大道芸人）と呼ばれる人がおりました。自慢の技で宋の元君に見て頂こうとしました。宋の元君は此の男を呼んで其の技を見せる様に言いました。此の男は、身長の倍ぐらいの長さの二本の木を脚のふくらはぎに括りつけて、歩いたり走ったりしましたが、七本の剣を手にして、互いに剣を抛り上げますが、その中の五本の剣はいつも空中にありました。元君は其の技に大いに感心して、すぐさま褒美の黄金や絹布を与えました。

宋国にもう一人の蘭子がいました。技も上手な者でした。此の話を聞いて、自分もまた元君に技を見て頂こうとしました。元君は大そう怒って、「前に変った技を私に見せた者が有った。その技は役に立つものではなかったが、たまたま私に楽しさを与えてくれたから、黄金や絹布を与えたのだ。その男は、話を聞いてやって来て、私の褒美を手に入れようとしているのだな。」と言って、其の男を逮捕して処刑しようとしましたが、一ヶ月後に釈放してやりました。

秦国の穆公が、伯楽（馬の鑑定をする者）に言うには、「貴方の年齢は大分高くなったが、貴方の子孫の中に、良い馬を探し出せるような人がいるだろうか。」と。伯楽は、「良い馬は筋肉や骨骼の形状を見て、良い馬を探し出さねばなりません。天下（此の世）で最も良い馬は、ぼんやりして消えてしまいそうな、居なくなってしまいそうな、亡びてしまいそうな、無くなってしまいそうな馬なのです。此の様な良馬は、走れば塵も立てず、蹄の跡も残しません。私の子供たちは皆、馬を見分ける才能には恵まれておりません。良い馬を見つけられても、天下で最高の良馬を見つけることは出来ません。私が一緒に生活して来た九方皐という者が居ります。此の男が馬を見分ける力は、私に劣りません。どうか此の男を御呼び出し下さい。」と答えました。

穆公は九方皐に会って、良い馬を探しに行かせました。三ヶ月経って九方皐は帰って来て、「もう天下の良馬を手に入れました。沙丘という土地に置いてあります。」と報告しました。穆公が「如何な馬なのか。」と尋ねると、九方皐は、「牝の馬で黄色い毛並みです。」と答えました。穆公が人に其の馬を引き取りに行かせますと、其の馬は牡の馬で黒い毛並みでした。穆公は不愉快だったので伯楽を呼び出して、「失敗したよ。貴方が良い馬を探しに行かせた者は、毛並みの色や牡と牝との区別も知らない者だったよ。此れでは其の馬が良馬かどうかも分らないのではないかね。」と言いました。伯楽は溜め息をついて大きく息を吐いて、「到頭、そんな話に成りましたか。此の事が私を一千万倍しても及ばない程の者だという証拠なのです。九方皐が観察するのは生れつきの性質からなのです。此の細かい特質を見て其の大まかな事を問題にせず、其の内部を見て外面的なものを問題にしません。馬の生れつきの素質を見て、外面的なことは見ないのです。其の視なくてはならない所を見ますが、視なくてもいい事は見ないのです。私が馬を見分けるのは、馬よりも、もっと大切な物を見ているのです。」と言いました。

九方皐が選んだ馬が届けられると、やはり天下に並ぶものの無い良い馬でした。

楚国の荘王が詹何に尋ねて、「国を治めるのは如何したらいいか。」と言いました。詹何は、「私は自分を治める（正しくする）ことは良く知っておりますが、国を治めることは良く知りません。」と答えました。楚の荘王は「私は、宗廟社稷（国家）を管理する身と成ったが、どうか国家を保持する方法を学びたいと思うのだよ。」と言いました。詹何は、「私は此れ迄に、君主が正しい生活をしているのに国内が乱れたという事を聞きませんし、又、此れ迄に君主が乱れた生活をしているのに、国内が良く治まっているという事を聞きません。ですから国の統治の根本は君主の身にあるので、私は其の先の事をお答えすることは致しません。」と答えました。荘王は、「分った。」と言いました。

孤丘丈人（孤丘に住む長老）が、孫叔敖（楚の荘王の家臣）に、「人生には他人から恨まれることが三つありますよ。貴方は其れを御存じですか。」と言いました。孫叔敖が、「如何な事ですか。」と言ったので、孤丘丈人は、「爵（官位）の高い人を人々は妬みます。官職にあって有能な人を君主は憎みます。禄（俸給）が多いと人々は恨めしく思います。」と言いました。孫叔敖は、「私の爵が高くなればなるほど、私の気持ちは控え目となり、私の官職が重くなればなるほど、私の心使いは細やかとなり、私の禄（俸給）が多くなればなるほど貧しい人への施しを広くしています。此れで三つの怨みを身に受けない様にしていますが、如何でしょうか。」と言いました。

孫叔敖が病気になって、もう死期が迫った時、子供を戒めて、「王様は度々私に領地を下さろうとされたが、私は受けなかったのだ。もしも私が死んだならば、王様はお前に領地を下さろうとするだろう。お前は決して良い土地を受けてはならないぞ。楚国と越国との間に寝丘という場所が有る。此の土地は良い土地ではないばかりか、寝丘という土地の名前も甚だ良くない。楚国の人は鬼（霊魂）を信じており、越の人は禨（鬼神）を信じていて、此の土地を嫌っている。だから長く領有できるのは此の土地だけだよ。」と言いました。

孫叔敖が亡りますと、やはり王様は其の子に良い土地を与えようとしましたが、子供は辞退して受けず、寝丘を下さる様にお願いしました。それで寝丘の土地を与えられて、今に至る迄、領地を失うことは有りません。

牛缺は、上地に住む立派な儒者でした。南の邯鄲の地に出かけた時、耦沙の地で盗賊に遇(あ)って持っていた衣服や車や牛までも全部奪われましたので、歩いて其の場を去りました。盗賊たちが牛缺の様子を見たところ、牛缺は楽しそうにしていて、悲しそうな様子も有りません。盗賊たちは牛缺を追いかけて行き、牛缺が楽しそうにしている理由を尋ねました。牛缺は、「君子(くんし)（人格者）は身を養うもの（衣服や車など）の為に、養われるもの（人身）を台無しにしたりしないのだよ。」と言いました。盗賊たちは、「あぁ賢明な人だな。」と言いましたが、その中(うち)に互いに相談して、「あの様に賢明な人が出掛けて行って趙(ちょう)国の殿様に御会いしたならば、私たちの仕事に就いて必ず盗賊の仕事が出来ない様にするだろう。此の人を殺す方がいいね。」と言って、盗賊たちは牛缺を追いかけて行って牛缺を殺しました。

燕(えん)国の人は此の話を聞いて、親類で集って、互いに戒(いまし)めて、「盗賊に出会っても上地(じょうち)の牛缺の様にしてはいけない。」と言って、皆、其の教えを了承しました。

急に牛缺の弟が秦(しん)に行くことになり、函谷関(かんこくかん)の所で、やはり盗賊に会いました。兄の牛缺に関する戒めを思い出して、盗賊と腕力で争いました。その中に力及ばず盗賊に荷物を奪われてしまいました。そこで盗賊を追いかけて、丁寧な言葉で、盗まれた自分の荷物を返してくれる様に頼みました。盗賊は腹を立てて、「我々がお前を生かして置いたのは、寛大な心からなのだ。それなのに我々をいつ迄も追い掛けて来る。これでは我々の為た事が人に知られてしまう。もう盗みを働いてしまったからには、情深いことなど何処にも無いぞ。」と、到頭、牛缺の弟を殺し、同行していた四五人にも危害を加えました。

虞氏は梁の国の大金持です。家の中は満ち足りて財産は豊かでした。金銭や布帛は数え切れない程で、宝物なども量り知れない程でした。高楼に上って大路を見下し、音楽を演奏して酒や肴を準備し、骰ころ遊びの賭け事などして楽しんでいました。侠客（男だて）たちも誘い合って集りました。

或る日、高楼の上で、骰ころの賭け事をしていて大当りが出たので、魚の形をした駒を裏返しにして、皆で楽しく笑っていました。その時、空を飛んでいた鳶が、偶然、捕えていた鼠の腐った死骸を落したので、侠客の一人に鼠の死骸が当りました。侠客は互いに話し合って、「虞氏は裕福で楽しい日々を長らく送っているが、ただ人を侮る気持が有る様だ。私は其れに抵抗した事は無かったが、それなのに私を辱しめるのに鼠の腐った死骸を使ったのだ。此の事の仕返しをしなかったら、我々の勇気を天下（世の中）に示すことが出来ないだろう。お願いだから君たちと一緒に力を併せて、気持を一つにして、仲間を集めて、必ず虞氏の家を滅そうではないか。」と言いました。侠客の仲間たちは皆賛成しました。打ち合せした日の夜になって、侠客は仲間を集め、武器を用意して、虞氏の家を攻撃し、虞氏や其の家族を徹底的に滅してしまいました。

　東の方の国に爰旌目という人が居ました。出かける用事が有って出かけたのですが、途中で食べ物が無くてひどく腹が空きました。孤父の地に住む盗賊で名を丘と言う男が、その様子を見て爰旌目に壺餐（壺の水に漬けた飯）を食べさせました。爰旌目は三口食べてから、丘をよく見て、「貴方はどんな仕事をしている人ですか。」と言いましたので、「私は孤父の地に住む丘です。」と答えますと、爰旌目は、「あぁ、お前は盗賊の丘ではないか。どうして私に飯を食べさせたりするのか。私は正義の立場からお前のくれた食べ物は食べないよ。」と言って、両手を地面について、食べた物を吐こうとしても吐き出せず、遂にうつ伏せのままで死んでしまいました。

孤父の人の丘は盗賊でした。然し食べ物は盗賊ではありません。食べ物をくれた人が盗賊であった為に、それで食べ物も盗賊だとして決して食べなかったのは、名目を大事にして実質を見ていないものです。

柱厲叔は莒国の敖公に仕えていました。自分で主君が自分を認めてくれていないと判断し、海辺で暮していて、夏には菱芰（ひし）を食べ、冬には橡栗（しばぐり）を食べるような生活をしていました。莒国の敖公が危難に巻き込まれる事が起ると、柱厲叔は其の友達に別れを告げて、出かけて行って敖公の為に命を投げ出そうとしました。其の友達は、「貴方は自分で主君から認められていないとして、それで主君のもとを去っていたのでしょう。今、主君のもとに出かけて行って、その争乱のために命を落したならば、此れは主君に知られるのと知られないのと、区別が無いのではありませんか。」と言いました。柱厲叔は、「そうではありません。私は自分で主君から認められていない、としていたのです。だから主君のもとを離れていたのです。今、死んだならば此れは自分自身を知らなかったことになります。私は今、主君の為に命を投げ出し、それによって後の世の君主がその家臣の心を知らない事に恥をかかせてやろうと思っているのですよ。」と言いました。そもそも主君に認められていれば主君の為に命を投げ出し、認められていなければ命を投げ出したりしないのは、真っ直ぐな物の考え方で行動する者です。杜厲叔は主君を恨んで、正しい身の振り方を忘れてしまった者だと言えます。

楊朱が言うには、「他人に利益を与えれば、実益が自分の身に返って来るし、他人の恨みを買うようにすれば、災難が自分の身に降りかかって来ます。此処に原因が有って彼処に結果が出るのは、人間の感情です。だから賢明な人は言葉や行動を慎重にするのです。」と。

楊子（楊朱）の家の隣りの人が飼っている羊を一匹逃がしてしまいました。隣りの人は其の仲間を引き連れて、又、楊朱の家の下働きの者に手伝って貰って、逃げた羊を探そうとしました。楊朱が、「あぁ、たった一匹の羊が逃げたのに、どうして探す者がそんなに大勢なのですか。」と言うと、隣りの人は、「路が分れている所が多いのですよ。」と言いました。やがて隣りの人達が帰って来たので、楊朱が、「羊は見つかりましたか。」と尋ねますと、隣りの人は、「見つかりませんでした。」と言いました。楊朱が、「どうして見つからなかったのですか。」と聞くと、隣りの人は、「分れ路の中に又分れ路が有り、私は如何すればいいのか分らなくなって、それで帰って来たのです。」と言いました。

楊朱は何か憂鬱な顔つきになって様子を改めて、暫くの間は物も言わず、笑うこともしないで数日が経ちました。門人たちは楊朱の様子を不思議に思って、「羊は大した値打ちも無い家畜ですし、又、先生が所有する羊でもありません。それなのに先生が言葉少なく笑うことも無くなったのは、如何な理由ですか。」と尋ねましたが、楊朱は何も答えませんでした。門人たちは楊朱の考え方を知ることが出来ませんでした。

楊朱の門人の孟孫陽は其の場を下って、心都子という学者の所へ行って此の話をしました。別な日に、心都子は孟孫陽と共に楊朱のもとを訪れて、心都子が楊朱に問いかけて、「昔、或る所に兄弟三人がいました。斉と魯との間に出かけて行って、同じ先生に就いて仁義の道（道徳の学問）を究めて帰って来ました。其の兄弟の父親が、仁義の道は如何な教えだったか、と尋ねますと、長男は、仁義は自分の身を大切にして、名誉は後にするものだと言いました。次男は、仁義は私にとって自分の身を殺しても名誉を成し遂げることだと言いました。三男は、仁義は私にとって身体も名誉も二つとも完成することだと言いました。其の三人の方法は互いに違っていますが、三人とも儒教の考え方です。どの答えが正しく、どの答えが間違っているでしょうか。」と尋ねました。

楊朱は、「或る人が大きな河のほとりに住んでいましたが、水に馴れて泳ぎも上手でした。舟を操(あやつ)って渡し舟をして生活していましたが、其の利益は百人を養える程でした。食糧を携(たずさ)えて遠くから来て、渡し舟の方法を学ぶ者が多かったのですが、渡し舟を学びに来た者の半数は溺れて死にました。もともと泳ぐことを学んでも溺れることを学んでいなかった為です。利益と損害とはこういうものです。君(きみ)は、どちらが正しくどちらが間違っているとするのかね。」と言いました。

心都子は黙ったまま部屋を出ました。孟孫陽は心都子を責(せ)めて、「貴方が尋ねることは、遠廻りで、楊朱先生が答えることは分りにくいことですね。私の迷いは酷(ひど)くなりましたよ。」と言いました。心都子は、「大道は多くの道に分れている為に羊を見失ってしまうし、学者は多くの考え方が有るために天から与えられた生命を失ってしまうのだよ。学問は其の根本が同じではないのではない。根本が一つではないわけでもない。ただ其の分れた後(あと)を見ると、此の三兄弟の様に異(こと)なっているのだよ。もしも同じ境地に帰り、一致することに立ち返れば、得るものも失うものも無いと考えられるのだ。貴方は楊朱先生の門人となって長年月、先生の教えを受けながら、先生の境地に達していないのは、悲しいことだね。」
と言いました。

楊朱の弟を布(ふ)と言いました。白い服を着て外出したのですが、雨が降り出したので、白い服を脱いで黒い服に着換えて帰って来ました。其の家の犬は、黒い服に着換えていることを知らずに、楊布を怪しんで吠(ほ)えました。楊布は怒って犬を打とうとしました。楊朱は、「君、犬を叩いては駄目だ。君だって此の犬と同じ様なものだよ。君の犬が白犬で出かけて行って黒犬になって帰って来たら、どうして怪(あや)しまないでいられるだろうか。」と言いました。

楊朱が言うには、「善(ぜん)を行なうのは、名誉を得るためにするのではないが、その行為に名誉が伴って来るし、名誉は利益を得ることを期待していないが、利益が自然に得られ、利益は争うことを期待したりしていないが、争いを引き起してしまう。だから君子（人格者）は必ず善を行なうのに慎重なのだ。」と。

以前に、不死の道（死なない方法）を知っていると言う人が有りました。燕国の君主が使者に頼んで此の人を招いて話を聞こうとしましたが、愚図愚図している中に不死の道に就いて言っていた人が死んでしまいました。燕国の君主は、ひどく其の使者に腹を立てて、死刑にしようとしていました。

お気に入りの家臣が諫めて、「人が心配することは死ぬということよりも身に迫った事は有りませんし、自分が大切に思うことは、生きる事より大事なことは有りません。不死の道を知っているという男は彼自身が其の生命を失ってしまいました。どうして殿様に死なない様にして差し上げられるでしょうか。」と言いました。そこで使者を死刑にするのを止めました。

斉子という人が有りましたが、不死の道を学びたいと思っていました。不死の道を説いていた人が死んだと聞いて、胸を叩いて残念がりました。

富子という人が其の話を聞いて「そもそも教えを受けようとすることが不死（死なない方法）なのに、其れを教える人がもう死んだという。それなのに残念がっているとは、学問する目的を知らないのだ。」と笑いました。

胡子という人は、「富子の言葉は間違っています。大体、人々には、方法を持っていても実行することが出来ない者もいるし、よく実行出来ても其の方式が決まっていない者も又、有るのです。衛国の人で、数学が良く出来る人が有りましたが、死の床で、数学の秘訣を其の子に伝えました。其の子は其の言葉を記憶していましたが、実行することは出来ませんでした。他人で、其の子に父の残した秘訣を尋ねた者が有りましたが、子供は父から聞いた通りの事を話しました。尋ねた者は其の言葉通りに其の秘訣を実行しましたが、其の子の亡った父親と同様の仕事でした。そういう事であるならば、死んだ人が生きる方法を言うことが出来ないと言えるだろうか。」と言いました。

趙の都の邯鄲に住む人民が、正月の朝に、鳩を趙の簡子に献上しました。簡子は大そう喜んで其の者に沢山の褒美を与えました。客人の一人が、どうして褒美を与えたのかと簡子に尋ねますと、簡子は、「正月に生き物を自由にしてやるのは、私が恵み深い心だということを人々に見せてやることになるのだよ。」と言いました。客人は、「人民達が、貴方が生き物を自由にしてやりたいと思っていると知ったならば、わざわざ貴方のために競争して生き物を捕えることで、殺される生き物も多いことでしょう。貴方がもしも生き物の命を救いたいと思うならば、人民たちに生き物を捕えることを禁止する方が宜しいでしょう。捕えて其れを自由にしてやるというのでは、恩と過ちとが互いに補い合えませんよ。」と言いました。簡子は、「そうだね。」と言いました。

斉国の田氏が、邸の広い庭で先祖の祭りを行ないましたが、食事に招かれた客は千人も有りました。その宴会の席に、魚と雁とを献上する者が有りました。田氏は其れを見て溜め息を吐いて、「天の人々への恵みは手厚いものですね。五穀（米や麦など）を稔らせ、魚や鳥を生み出して、人々に役立たせているのですね。」と言いました。大勢の来客たちは田氏の言葉に同感して話し合う声が響いていました。

其の席に、鮑氏の息子で十二歳になる子供がいましたが、進み出て、「殿様が言われることは違っていますよ。天地（世の中）のあらゆる物は、私たちと同じ生き物です。生き物に貴いものや賤いものという区別は有りません。ただ、大きい小さいや智力の有る無しの差で互いに相手を制圧し、互いに相手を食べているのです。お互いに役立てようとして生み出したものではないのに、人は食べられるものを手に入れて、それを食べているだけです。どうして天（宇宙の支配者）が、本来、人間の為にそういう食べ物を生み出したのでしょうか。それに蚊や蚋は人間の皮膚を咬みますし、虎や狼は人間の肉を食べます。天がどうして蚊や蚋のために人間を生れさせ、虎や狼のために人間の肉を生み出させたと言えましょうか。」と言いました。

斉国に貧しい男が居ました。いつも町中で物乞いをしていましたが、市民たちは、いつも物乞いされるのを厭がって、此の男に物を与える人は無くなりました。男は遂に田氏の馬小屋に行って、馬の医者に従って働いて、食べさせて貰っていました。町の人が此の男をからかって、「馬の医者に従って食べさせて貰っているのを恥だとはおもわないのか。」

と言いましたら、其の男は、「此の世の恥は乞食より恥になるものは有りませんよ。乞食さえ恥と思わなかったのだから、どうして馬の医者に従っているのが恥になるでしょうか。」と言いました。

宋国の人で、道を歩いていた時、誰かが落して行った手形を拾った者がいました。家に帰ってから拾った手形を隠し持って、こっそり手形の刻み目を数え、隣家の人に、「今に私は金持ちに成りますよ。」と言いました。

或る人が、庭に枯れた桐の木を持っていました。隣家の主人が、「枯れた桐の木は縁起が悪いものですよ。」と言いました。言われて其の人は、あわてて枯れた桐の木を伐りました。隣家の主人は、そこで其の伐った桐の木を譲り受けて持ち帰り、自分の家の薪にしました。枯れた桐の木を伐った人は不愉快になって、「隣家の主人は、自分の家の薪にしようと思って、私に縁起が悪い等と言って桐の木を伐らせたのだ。私の家の隣りなのに、この様に陰険なのだ。こんな事をして良いものか。」と言いました。

或る人が、斧を無くしてしまいました。盗まれたのではないかと思って、隣の家の子供を疑って、その歩く様子を見ると、どうも斧を盗んだ様子です。その顔色を見ても斧を盗んだ様子ですし、言葉を聞いても斧を盗んだ様子です。其の子供の動作や態度は、何から何まで斧を盗んだと思われました。その後、間も無く、其の人が谷間の土地を掘り返したところ、斧が出て来ました。後日、また其の隣の家の子供を見かけましたが、其の動作や態度は斧を盗む様な所は少しも感じられませんでした、

白公勝は父の仇を討つ為に叛乱を企てましたが、役所の仕事が終ってから、立っていて、馬の鞭を逆様にして頬杖を突いていましたが、馬の鞭の先にある金属の尖った先が顎に刺って、血が流れて地面に落ちていましたが、気がつきませんでした。鄭国の人は其の話を聞いて、「自分の顎の事さえ忘れてしまうのだから、他に何か忘れない事が有るだろうか。」と言いました。

気持が何かに捉われている事が有れば、その人が出かけた時、足が木の切り株に躓いた

り、頭が木の枝にぶつかっても、自分では気がつかないものなのです。

昔、斉国の人で金貨を手に入れたいと思う人が有りました。天気の良い朝に衣冠の正装をして市場に行き、金貨を扱っている者の所に行き、そこで其の金貨を掴んで逃げました。役人が彼を逮捕して、「市場には人が多いのに、貴方が他人の金貨を掴んで逃げようとしたのは如何してなのか。」と尋ねますと、「金貨を取る時に、人は見ずに、ただ金貨だけを見ていました。」と答えました。

全訳 列子 終

〔訳者略歴〕**田中佩刀**（たなか　はかし）

昭和２年（1927）12月　東京生れ。
昭和25年３月　東京大学文学部国文科卒業。
昭和30年３月　同大学大学院満期修了。
県立静岡女子短期大学助教授、明治大学助教授を経て、
昭和39年４月　明治大学教授
昭和41年４月　和光大学講師・理事を兼任。
平成10年（1998）３月　明治大学・和光大学を共に定年退職。
現在は明治大学名誉教授、斯文会名誉会員

〔主な著書〕『故事ことわざ』（ライオン社）、『佐藤一斎全集、第八～十巻』（明徳出版社）、『荘子のことば』（斯文会）、『言志四録のことば』（斯文会）、『中国古典散策』（明徳出版社）、『全訳 易経』（明徳出版社）

全訳　列子

平成三十年九月十日　初版印刷
平成三十年九月二十日　初版発行

著　者　田中佩刀
発行者　佐久間保行
印刷所　㈱興学社
発行所　㈱明徳出版社

〒162-0801　東京都新宿区山吹町三五三
（本社・東京都杉並区南荻窪一-二五-三）
電話　〇三-三二六六-〇四〇一
振替　〇〇一九〇-七-五八六三四

©Hakashi Tanaka 2018 Printed in Japan　ISBN978-4-89619-859-1

田中佩刀著書

中国古典散策

中国古典の野山を気の向くままに散策した著者が、名詩・名文百篇を精選し、正確な現代訳と格調高い訓読を施した読書人座右の書。漢詩文の入門書、朗唱味読するためのテキストとしても最適。

◆B六判並製二七〇頁　定価（本体二〇〇〇円＋税）

全訳 易経

外国文学の翻訳のように、原文に沿って分かりやすく「易経」の全文を現代語訳し、併せて訓読文を収録。簡単な占い方についても解説し、運勢判断の基本的資料としても活用できる重宝な書。

◆B六判並製三六一頁　定価（本体二五〇〇円＋税）

MY古典 荘子のことば

人間の本当の生き方は無為自然にあると考え、あるがままに生きてこそ、心の豊かさも長寿も得られるとする荘子の書から三十三話を収録。現代人にも発想の転換・多角的なものの見方を示唆する。

◆B六判並製一七二頁　定価（本体一四〇〇円＋税）

MY古典 言志四録のことば

佐藤一斎の学問と人生が語られた名随筆から二一八条を収録。特に生死・健康についての記述は、長寿を保った一斎ならではの感銘深い言葉が多い。西郷隆盛が熱読、手抄した一〇一条も全て収録する。

◆B六判並製二〇四頁　定価（本体一五〇〇円＋税）